# वो आख़िरी इज़हार



स्वयंप्रवा पात्रो

notionpress.com

INDIA · SINGAPORE · MALAYSIA

ISBN
Paperback 979-8-90510-375-9
Hardcase 979-8-90540-889-2

'उन सभी के लिए जिन्हें अभी भी उम्मीद है कि
सच्चा प्यार मौजूद है,

और इंतजार कर रहे हैं कि असली मर्द आपको
हर तरह से प्यार का एहसास कराएं।

बस दुआ है कि आपका वो सही शख्स सही वक्त
पर मिले

ताकि आपका इश्क अधूरा ना रहे और, आपका
इज़हार आखिरी ना हो।'

क्या आपको पता है हर खूबसूरत चीज़ दर्द देती है हमेशा ये एहसास दिलाती है कि हम अपनी जिंदगी में कितना गलत कर रहे हैं। एक ख़ूबसूरत चीज़ पर ही दिल हार बैठा है। मोहब्बत भी जिंदगी का वही चीज़ है जिसके बिना जीना मुश्किल है और पास हो तो भी मुश्किल और दर्द ही देता है। कहानियां तो बहुत हैं सुनी मोहब्बत में लोगों ने जिंदगी तक कुर्बान कर दी हैं। वो हीर रांझा वाली कहानी, वही इमाम और सालार की कहानी हमने सुनी है हम उस चीज़ में मोहब्बत पे ज़्यादा दिलचस्प रखते हैं मगर वो दर्द बिछड़ जाने का वो दर्द मेहबूब के ना मिलने का हम तो इन सब को नज़र अंदाज कर देते हैं। मगर कुछ भी कहें मोहब्बत अगर किया है तो दर्द सहने की हिम्मत रखना क्योंकि इसमें दर्द के सिवा कुछ भी नहीं और अगर सच भी कहूं तो इससे ज्यादा खूबसूरत चीज कुछ और है ही नहीं। और अगर दर्द की बात करूं तो दर्द अपने आप ही सुकून बन जाता है।

और अगर जिंदगी में इश्क के 7 पड़ाव पार कर जाएं तो क्या ही बात होती है मगर सबके नसीब में ये चीज हो ये मुमकिन तो नहीं है। अक्सर देखा है दिल टूट जाने पर लोग हमेशा लेखक बन जाते हैं मगर सही भी हैं क्योंकि जब अक्सर इंसान अपने दर्द अपने दिल की बातें नहीं कह पाता है तब लिखना शुरू करता है क्योंकि तब ही तो लिखे हुए लफ्जों मैं दिल की बातें बयान करना आसान हो जाता है। और किसने सही भी कहा है यार अगर किसी के दिल को छू लेने जैसा कहना हो तो मेहबूब गवाना पड़ता है और दिल भी तुड़वाना पड़ता है। क्या आपने कभी सच में किसी से मोहब्बत नहीं की है तो किसी से जरूर मोहब्बत करना फिर आपको पता चलेगा कि ये कितना खूबसूरत एहसास है। मोहब्बत के वो सात पढ़ाव दिलकशी, उन्स, इश्क, अकीदत, इबादत, जुनून, मौत। ये सात पढ़ाव अगर मेहबूब के साथ बीत जाए तो जिंदगी मुकम्मल हो जाती है। और जो इस 7 पड़ाव को पार कर जाए तो आप समझ जाएं कि आपसे बड़ा खुशनसीब और कोई नहीं है।

# अंतर्वस्तु

# दिलकशी

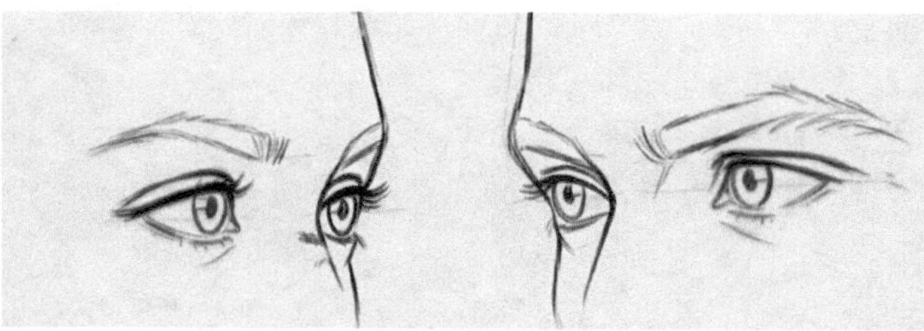

# 1

रागिनी शर्मा 23 साल की लड़की जिसके लिए उसका डांस उसके घुंघरू से ज्यादा और कुछ भी प्यारा नहीं। अपनी ज़िन्दगी के एक बुरे पन्ने को बंद करके दिल्ली में उर्दू लेंग्वेज में मौलाना आज़ाद नेशनल उर्दू यूनिवर्सिटी में अपनी PhD के पहले साल में पढ़ती है और पहले दिल्ली मैं ही ग्रेजुएशन कंपलीट किया हैं। विशाखापट्टनम में उसकी फैमिली रहती थी पर पता नहीं क्यों इन 4 सालों में वो कभी भी अपने घर नहीं गई और 4 साल हो गए दिल्ली आए हुए पर कभी एक्सप्लोर नहीं किया इतना अच्छे से।

एक लड़की जिसे हमेशा लगता था कि जब दिल में दर्द हो और वो चीज़ किसी से बयान ना कर पाओ तो कथक उसके लिए एक ऐसा जरिया था जिससे वो अपने दिल की बातें आसानी से बयान कर सकती हैं।

हर शख्स का एक अलग अलग जरिया होता है अपने दर्द को बयान करने का। क्योंकि जब दर्द लफ्ज़ों से बयान नहीं हो पाता है तभी शख्स एक अलग जरिया ढूंढता है अपने दर्द को बयान करने के लिए। वैसे ही रागिनी ने अपने दर्द को बयान करने के लिए कथक को चुना है।

आज रागिनी के लिए खास दिन था क्योंकि आज कॉलेज में फेस्ट था और उसमें रागिनी पहली बार परफॉर्म करने वाली थी।

रागिनी 'आज पहली बार मैं अपनी कला को सबके सामने एक नए ढंग से दिखाना चाहती हूँ। आज मैं प्यार के 7 पड़ाव को अपने कथक से बयान करूंगी। ये घुंघरू आज प्यार की धुन में गूंजेंगे'।

स्टेज पर लाइट्स बंद हुआ और एक आवाज़ आई क्या आप जानते हैं प्यार के 7 पड़ाव होते हैं और उसमें पहला होता है दिलकशी दूसरा होता है उन्स तीसरा होता है इश्क़ चौथा होता है अकीदत पाँचवां होता है इबादत और छठा होता है जुनून और आख़िरी मौत। ये मोहब्बत भी बड़ी अजीब चीज़ है जनाब जिसके बिना ज़िन्दगी में मज़ा आता नहीं और अगर ज़िन्दगी में हो तो दर्द के सिवा कुछ भी नहीं। "तेरी दीवानी" गाना चलने लगा और वहाँ रागिनी अपने डांस पर पूरी समाई हुई थी। हर एक स्टेप में वो हर 7 पड़ाव के एहसास पूरी अच्छी तरह से झलक रहे थे। परफॉर्मेंस खत्म होते ही सब अपनी सीट से उठकर ताली बजाने लगे क्योंकि ये पहली बार ऐसा हुआ था किसी ने इतने बखूबी से डांस से एक बात बयान की है। सानवी मेहरा रागिनी की अच्छी दोस्त जो कि उसी कॉलेज में पढ़ती थी और उसकी रूम मेट।

सानवी, 'यार तूने तो मचा दिया'।

रागिनी, 'मेरा डांस अच्छा था लेकिन ये चीज़ और भी खूबसूरत इसलिए लगी क्योंकि इससे मोहब्बत जुड़ी हुई थी।'

सानवी, 'यार तू भी ना कब क्या बोलती है समझ नहीं आता है कभी कहती है मोहब्बत खूबसूरत तो है तो फिर कभी कहती है मोहब्बत दर्द भी देती है आखिर इंसान क्या करे।'

रागिनी, 'मोहब्बत करके उस दर्द को महसूस कर, और जब मोहब्बत में पड़ जाएगी तो वो दर्द भी सुकून में बदल जाएगा।'

सानवी, 'अच्छा ठीक है तुझे जब मोहब्बत हो जाएगी उसी दिन देखेंगे।'

रागिनी हँस कर बोली, 'ठीक है उस दिन कहूँगी।'

सानवी, 'तू तो फेमस हो गई यार।'

रागिनी, 'क्या हुआ।'

सानवी, 'आज के फंक्शन की डांस की वीडियो तो वायरल हो गई यार।'

रागिनी, 'ठीक है अब तू चल लेट हो रहे हैं यार फिर होस्टल में एंट्री नहीं मिलेगी चल।'

सानवी, 'ठीक है होस्टल में पहुँच जाने के बाद देख लूँगी।'

रागिनी आज अपनी डायरी अचानक से खोलते वक़्त सानवी ने कहा सानवी, 'आज किस चीज़ पे लिखेगी मैडम।'

रागिनी, 'पता नहीं पर आज कुछ अचानक से लिखने का मन हुआ इसलिए डायरी खोल ली मैंने।'

अगले दिन

प्रिंसिपल ने रागिनी को अपने ऑफिस में बुलाया था कुछ ज़रूरी काम से।

प्रिंसिपल, 'रागिनी तुम्हें दिल्ली यूनिवर्सिटी में परफॉर्म करने जाना है कल के परफॉर्मेंस में जो चीफ गेस्ट आए थे वो तुम्हारे डांसिंग स्किल्स से बहुत इम्प्रेस्ड हैं इसलिए तुम्हें 23 जनवरी को तुम्हें जाना है परफॉर्म करने के लिए सो मेक श्योर कि तुम अच्छा परफॉर्म करोगी।'

रागिनी, 'ओके सर मैं अपना 100% दूँगी थैंक यू सर।'

सानवी, 'कल परफॉर्मेंस वायरल और आज यूनिवर्सिटी के प्रोग्राम में परफॉर्म करने के लिए इन्विटेशन वाहह भाई आप तो फेमस हो गई।'

रागिनी, 'मैं अगर फेमस हुई हूँ तो सिर्फ अपनी कला की वजह से इसलिए ज्यादा मत बोल यार अभी तो उर्दू में PhD खत्म करके अपनी खुद की एक शायरी की बुक भी लिखनी है।'

सानवी, 'मगर याद रखना वो सिर्फ जब प्यार हो जाएगा तुझे उस दिन ही ये कर पाएगी।'

रागिनी, 'क्यों सानवी?'

सानवी, 'मैंने कहीं सुना है कि अगर शायरी बोलनी हो तो महबूब गवाना पड़ता है।'

रागिनी, 'अच्छा मैंने तो नहीं सुना मगर मुझे तो लगता है ये सिर्फ शब्दों का खेल है।'

सानवी, 'देखना तू गलत साबित होगी एक दिन।'

किसी ने खूब कहा है कि अगर शायरी लिखनी हो तो दिल दुखाना पड़ता है। हमारे लिए शायरी खूबसूरत होती है पर सोचा है कभी कि वो शायर कितने दर्द से गुज़रा होगा जिसके लफ्ज़ों ने तुम्हारे दिल को छुआ है। शायर बनना आसान नहीं शायर बनने के लिए महबूब गवाना पड़ता है बदनसीब बनना पड़ता है। उसके बाद दिल में दर्द बस जाता है फिर उससे निकले हुए हर शब्द दूसरों के दिल को छू जाती है मगर शायर के दिल को 100 बार तोड़ कर रख देती है।

***

# 2

23 जनवरी,

वक़्त उस दिन पता नहीं क्यों बहुत जल्दी भाग रहा था, उस दिन जैसे कायनात को भी किसी चीज़ के होने की जल्दी हो। प्रोग्राम उस दिन 10 बजे शुरू होके 2 बजे खत्म होगा ये शेड्यूल्ड था। हर कॉलेज से कोई ना कोई अपने कॉलेज को रिप्रेजेंट करने आया था अपने टैलेंट्स को मंच पे दिखाने के लिए। और उस दिन हर जगह द वायरल कथक गर्ल रागिनी का ज्यादा इंतज़ार था ऑडियंस को। और आज और एक फेमस स्टूडेंट दिल्ली यूनिवर्सिटी का भी आने वाला था वो गिटार बहुत अच्छा बजाता था। कबीर देशमुख 25 साल का एक लड़का जो दिल्ली यूनिवर्सिटी से इकोनॉमिक्स के सब्जेक्ट में PhD कर रहा था, जो अपने गिटार बजाने के स्किल्स को रिप्रेजेंट करने आया था और उसे सपोर्ट करने के लिए उसका दोस्त समीर शेखावत जो उसके हर दुख सुख का साथी जो अभी एक एजेंसी में काम करता है, वो भी कबीर के साथ आया था। कहीं ना कहीं आज कबीर भी एक्साइटेड था कि रागिनी आज कौनसे गाने पर परफॉर्म करने वाली है। रागिनी जो थोड़ी नर्वस थी पर उसे पूरा भरोसा था कि आज की परफॉर्मेंस सबको अच्छी

लगेगी। प्रोग्राम शुरू हुआ सारे चीफ गेस्ट्स आ गए थे और जैसे वक़्त गुज़रता जा रहा था वैसे ही रागिनी की परफॉर्मेंस का नंबर पास आ रहा था।

एंकर, 'अब वक़्त है जिनके परफॉर्मेंस देखने के लिए आज सारे ऑडियंस एक्साइटेड हैं। सो प्लीज़ वेलकम रागिनी शर्मा ऑन द स्टेज।'

एक सवाल पूछती है रागिनी, 'जिससे आप मोहब्बत करते हैं वो चाहिए या मोहब्बत अजीब सवाल है ना और मुझे आप सबके जवाब का इंतज़ार रहेगा।' फिर एक गाना बजता है "ओ रे पिया" और परफॉर्मेंस शुरू होता है।

और यहाँ कबीर कहने लगता है, 'कितना अजीब सवाल है यार कोई एक कैसे छूट सकता है।'

अगला परफॉर्मेंस कबीर का ही था इसलिए वो इन सब पे ध्यान ना देके परफॉर्मेंस के लिए रेडी होने में व्यस्त हो गया। परफॉर्मेंस खत्म हुआ रागिनी का और फिर एंकर ने कबीर को स्टेज पर बुलाया, 'प्लीज़ वेलकम कबीर देशमुख ऑन द स्टेज टू परफॉर्म।'

कबीर स्टेज पर आकर परफॉर्मेंस शुरू करने से पहले कहता है, 'ये गाना उसके याद में।'

फिर शुरू होता है परफॉर्मेंस और आज कबीर 'कभी जो बादल बरसे' गाने पर परफॉर्म कर रहा था। और ऑडियंस सभी उस परफॉर्मेंस के साथ वाइब करने लगे थे। फिर थोड़ी देर बाद परफॉर्मेंस खत्म हुआ। कबीर ड्रेसिंग रूम में एंटर करते ही उसकी नज़र रागिनी पर पड़ी और ये उनकी पहली मुलाक़ात थी और रागिनी के पूछे गए सवाल सुनकर कहीं ना कहीं कबीर

उसके जवाब के लिए बेताब था। और जवाब जानने के लिए वो रागिनी के पास गया।

कबीर, 'हेय कबीर।'

रागिनी, 'आई एम रागिनी।'

कबीर, 'आज आपने जो सवाल पूछा वो मुझे समझ नहीं आया।'

रागिनी थोड़ा हँसी और बोली कि फिर से पूछती हूँ, 'तुम्हें महबूब चाहिए या मोहब्बत क्योंकि अगर महबूब मिल गई तो मोहब्बत नहीं मिलेगी और अगर मोहब्बत मिल गई तो महबूब नहीं तो अब तुम्हें चुनना है कि तुम्हें क्या चाहिए।'

कभी सोचा है अगर कोई आपसे सवाल पूछता तो आप क्या जवाब देते महबूब या फिर मोहब्बत। कभी सोचा है आप उस शख्स के साथ हैं जो आपसे प्यार नहीं करता पर आप उससे बेइंतहा मोहब्बत करते हैं कैसे गुज़ारते ज़िन्दगी आप। क्या रह पाएंगे उस शख्स के साथ जिसे आपसे मोहब्बत भी नहीं। पर शर्त तो ये भी है कि अगर मोहब्बत मिल जाएगी तो महबूब नहीं। आपसे कोई शख्स बहुत प्यार करता है आप भी उससे प्यार करते हैं पर नसीब वहाँ आपका साथ नहीं देती तो फिर आप क्या करेंगे। इसलिए इसका जवाब चुनने से पहले सोच कर कहना क्योंकि ये चीज़ सिर्फ आपके दिल को पता है कि आपको क्या चाहिए।

कबीर, 'ये प्यार जैसी चीज़ को इतना कॉम्प्लिकेटेड क्यों बना रही हैं आप।'

रागिनी, 'ये कॉम्प्लिकेटेड नहीं ये तो दिल की बात है और दिल से जो सबसे पहले जवाब आए वही ज़िन्दगी में चुनना।'

कबीर, 'वैसे आप बहुत अच्छा डांस करती हैं।'

रागिनी, 'थैंक यू।'

और फिर रागिनी वहाँ से जाने लगी और तभी पीछे से आवाज़ आई कबीर की, 'अरे आपके कॉलेज का नाम तो बताती जाइए मोहतरमा क्या पता कभी फिर से मुलाक़ात हो या ना हो।'

रागिनी, 'मौलाना आज़ाद नेशनल यूनिवर्सिटी। और आपका?'

कबीर, 'मैं तो दिल्ली यूनिवर्सिटी में ही पढ़ता हूँ.. अच्छा बाय!'

***

# 3

5th फरवरी,

सानवी, 'जल्दी कर रागिनी वरना आज लेट हो जाएगी।'
रागिनी, 'यार अगर बस जल्दी चली जाएगी तो माँ ने भेजा हुआ सामान तो गया आज फिर बहुत सुनना पड़ेगा। अच्छा चलती हूँ।'

सानवी, 'अच्छा देख के जाना।'

रागिनी ऑटो का इंतज़ार करती हुई

रागिनी, 'आज ही सारे ऑटो रुक नहीं रहे यार ऑलरेडी लेट हो चुका है।'

अचानक से एक बाइक आके सामने खड़ी हुई हेलमेट पहने की वजह से चेहरा दिखाई नहीं दे रहा था।

उस शख्स ने हेलमेट खोलके कहा, 'हे रागिनी आप यहाँ याद आया मैं कबीर, कहीं जा रही थी आप।'

रागिनी, 'याद आया आप गिटार बजाते हैं ना।'

कबीर, 'हम्म सही कहा आपने।'

रागिनी, 'हम्म जा रही थी मैं बस स्टॉप।'

कबीर, 'अच्छा चलिए मैं छोड़ देता हूँ।'

रागिनी, 'नहीं आप जाइये मैं चली जाऊँगी।'

कबीर, 'कोई बात नहीं मोहतरमा मैं आपको छोड़ देता हूँ आप चलिए। मैं भी उसी रास्ते से जा रहा हूँ।'

रागिनी, 'ठीक है थैंक यू सो मच।'

कबीर, 'अरे दोस्ती में कैसा थैंक यू कैसा सॉरी।'

अचानक से कबीर थोड़ी देर के लिए चुप हो गया।

कबीर, 'सॉरी।'

रागिनी, 'क्यों क्या हुआ अभी तो आपने कहा कि दोस्ती में क्या सॉरी क्या थैंक यू।'

कबीर, 'वो आपको बिना पूछे ही मैंने आपको दोस्त बना लिया।'

रागिनी, 'कोई बात नहीं हम दोस्त बन सकते हैं।'

कबीर, 'ओके तो फिर आज से हम दोस्त हुए। लीजिए बातों बातों में आपका बस स्टॉप भी आ गया। वैसे आप आज बस स्टॉप क्यों आई हैं?'

रागिनी, 'माँ ने कुछ सामान भेजा है इसलिए लेने आई हूँ। थैंक यू यहाँ तक छोड़ने के लिए।'

फिर कबीर वहाँ से निकल गया।

शाम को,

होस्टल रूम में रागिनी, 'यार अच्छा लड़का है वो'

सानवी, 'दोस्त है या और कुछ भी है।'

रागिनी, 'क्या बोल रही है सानवी।'

सानवी, 'क्या पता कब प्यार हो जाएगा।'

रागिनी, 'नहीं यार ऐसा नहीं होगा।'

कबीर के घर में,

कबीर और समीर मिलकर लिविंग रूम में बैठे हुए थे।

फिर अचानक से समीर ने कबीर से पूछा, 'क्या सोच रहा है।'

कबीर, 'क्या लड़की है यार समीर मोहब्बत का मतलब बहुत आसानी से समझा गई उस दिन मुझे। मुलाकात बस दो बार हुआ है मगर ऐसा लग रहा है बरसों से जानता हूँ मैं उसे। उसके एक्सप्रेशन डांस करते वक़्त..'

तभी ही समीर कबीर को रोकते हुए बोलता है, 'पर तू तो ड्रेसिंग रूम में था ना।'

कबीर, 'अरे मैं तो उस दिन उससे मिलने के लिए ही गया था उसका वायरल डांस देख कर उसके वो आँखों के एक्सप्रेशंस इतना प्योर कैसे लग सकता है।'

समीर, 'कहीं प्यार तो नहीं हो गया।'

कबीर, 'प्यार तो नहीं पर मोहब्बत हो गई है शायद।'

समीर, 'ये प्यार, मोहब्बत, और इश्क में फर्क क्या है?'

कबीर, 'फर्क है समीर प्यार हर किसी से हो जाता है अपनों से दोस्तों से। मोहब्बत सिर्फ एक से ही होती है और किसी को उसकी जगह नहीं दिया जा सकता है क्योंकि उसका हकदार सिर्फ एक इंसान ही होता है। इश्क बहुत खूबसूरत होता है और ये होता नहीं है ना किया जाता है बस नसीब चाहिए होता है जिसमें महबूब से कोई उम्मीद नहीं होती है ना पाने का जुनून ना खोने का डर ना उसके खामियों को देखते हैं ना उसके खूबियों को देखते हैं बस दिन ब दिन उसके लिए इंसान पागल होता रहता है और कुछ नहीं।'

समीर, 'अब इतना फर्क कर ही लेता है तो इज़हार कब कर रहा है।'

कबीर, 'अभी इज़हार नहीं करना है इंतज़ार करूँगा उस दिन का जिस दिन उसे मुझसे प्यार होगा शायद तभी या तो फिर कभी नहीं।'

समीर, 'तो तुझे पता कैसे चलेगा यार कि वो तुझसे प्यार करती है या नहीं।'

कबीर थोड़ा हँस के बोला, 'उसकी आँखें बात देंगी कि क्या वो मुझसे प्यार करती है या नहीं। ये सबसे अजीब चीज़ है समीर जो लफ्ज़ों से बयां नहीं होती शायद वो आँखों से हो जाती है।'

'कितना आसान होता है ना किसी के दिल में क्या है ये जानना। बस उसकी आँखें पढ़ सको तो। ये आँखें भी अजीब हैं जब दिल की बात लफ्ज़ों से बयां नहीं हो पाती है तब ये आँखों को ज़रिया बना देता है अपने बातों को समझने के लिए। दर्द

कभी लफ्ज़ों से बयां नहीं होती है जनाब ये आँखें हैं जो धोखा देकर सब बयां करा देती हैं।'

अगले दिन,

रागिनी हमेशा क्लास जाने से पहले अपने फोन को साइलेंट कर देती है और जब वो क्लास से बाहर आती है तब वो अपना फोन ऑन करती है। पर आज क्लास से निकलने के बाद उसने जब फोन ऑन किया तो देखा कि एक अननोन नंबर से उसे मैसेज आया है,

"Hey कैंपस के गेट के बाहर खड़ा हूँ थोड़ा आ सकती हो क्या अर्जेंट है इंतज़ार कर रहा हूँ।"

फिर रागिनी ने मैसेज पढ़ने के बाद सानवी को कॉल करके बुलाती है और वो दोनों मिलकर कैंपस गेट के पास जाने के बाद उन्हें पता चला कि कबीर इंतज़ार कर रहा था।

रागिनी, 'सानवी ये कबीर जिसने मेरी मदद की थी कल और हम यूनिवर्सिटी के फंक्शन में मिले थे। इतना अर्जेंट क्यों बुलाया।'

कबीर, 'कुछ बात करनी थी आपसे वो मैं गिटार बजाता हूँ मेरे इंस्टाग्राम के फॉलोअर्स का डिमांड है मैं आपके साथ कोलैब करूँ वो लोग चाहते हैं कि हम दोनों मिलकर परफॉर्म करें इसलिए अगर आप हाँ करती तो हम मिलके शेड्यूल करते कब करना है शूट।'

रागिनी, 'कोई प्रॉब्लम नहीं है पर थोड़ा टाइम चाहिए। आज पॉसिबल नहीं है क्यों ना हम परसों प्लान करते हैं।'

कबीर, 'हम्म क्यों नहीं जैसा आप कहें मोहतरमा फिर परसों मिलते हैं।'

रागिनी, 'ठीक है।'

कबीर वहाँ से चला गया।

सानवी, 'तूने हाँ क्यों कहा क्या पता कुछ ऐसा हो ही ना जैसा वो बोल रहा है।'

रागिनी, 'मैं जानती हूँ ऐसा कुछ नहीं होगा सानवी वो अच्छा लड़का है और हम दोनों तो अब एक परफॉर्मेंस ही करेंगे ना और क्या प्रॉब्लम है तू टेंशन मत ले।'

कबीर अपने रूम में बैठ कर परसों के परफॉर्मेंस की तैयारी करते वक़्त समीर आता है, 'यार तुझे नहीं लगता तू थोड़ा जल्दी कर रहा है।' कबीर, 'क्या जल्दी कर रहा हूँ मैं बस एक साथ शूट करने की बात करके आया हूँ तू ज्यादा क्यों सोच रहा है।'

समीर, 'चल मान लिया लेकिन उस दिन उसको घूरते हुए मत रह जाना अच्छे से गिटार बजाना ठीक है।'

कबीर, 'उस दिन मेरे गिटार और उसके घुँघरू के बीच में मुकाबला है तो सब अच्छे से ही करूँगा तू चिंता मत कर। इतना अच्छा मौका मिला है उसे और उसके परफॉर्मेंस को इतने करीब से देखने का तेरा भाई ये मौका नहीं गँवाएगा।'

दिलकशी भी अजीब चीज़ है जनाब किसी की खूबसूरती को निहारने को भी प्यार कहते हैं। पर जब प्यार का मतलब ही खूबसूरत चीज़ें हासिल करना हो जाए तो उसका मतलब

बदल जाता है। दिलकशी का मतलब है उसकी खामियों को भी निहारना सिर्फ उसकी खूबसूरती से प्यार नहीं करना बल्कि उसकी खामियों से भी प्यार करना। दिलकशी का अलग अलग मतलब हो सकता है सबके हिसाब से पर अपने दिल से पूछो क्या तुम्हें वो सिर्फ सजने के बाद ही खूबसूरत लगती हैया फिर उसके हर रूप तुम्हे पसंद है।

***

# उन्स

# 4

8th फरबरी,

घर की घंटी बजने लगा कबीर जो किसी के इंतज़ार में बैठा हुआ था अचानक उठा और गया दरवाज़ा खोलने। दरवाज़ा खोला तो देखा तो रागिनी थी।

कबीर ने कहा, 'आपका ही इंतज़ार कर रहा था मोहतरमा।'

रागिनी, 'सॉरी वो थोड़ा लेट हो गया, चलें अब।'

दोनों बाइक में जाते वक़्त दोनों चुप थे पर आज कबीर बहुत खुश था क्योंकि आज वो दोनों मिल कर शूट करने वाले हैं। लोकेशन में पहुँचने के बाद शूट शुरू हुआ और कबीर ने गिटार बजाना शुरू किया और रागिनी को उसके गिटार बजाने के थोड़ी देर बाद जाकर अपने स्टेप्स शुरू करने थे पर रागिनी कबीर को गिटार बजाते हुए देखने में घूम हो गई थी और स्टेप्स शुरू करना भूल गई।

रागिनी अपने मन में, 'कितना प्यारा लगता है गिटार बजाते वक़्त और कितना अच्छा बजाता है उसके वो ब्राउन कलर की आँखें धूप की वजह से और भी चमक रहे हैं और इन ख्यालों में डूब कर वो उसी एक जगह पर खड़ी थी।'

अचानक से कबीर गिटार बजाना बंद करता है और पूछता है कबीर, 'आपको आना है मोहतरमा यहाँ अपने स्टेप्स करने के लिए किस ख्यालों में डूबी हुई हैं आप।'

रागिनी, 'तुम बहुत अच्छा गिटार बजाते हो मेरा ध्यान सुनने में ही था और मुझे भी स्टेप्स करने हैं मैं भूल गई।'

कबीर, 'ठीक है फिरसे शुरू करते हैं कोई बात नहीं।'

कबीर फिरसे गिटार बजाना शुरू करता है। इस बार रागिनी सही समय पर आकर अपने स्टेप्स करती है और फिर शूट खत्म करके वापस आते वक़्त कैफ़े में ठहर कर खाना ऑर्डर किया तभी ही रागिनी कहती है, 'एक बात बोलूँ।'

कबीर, 'हम्म करता है।'

रागिनी, 'तुम्हें पता है तुम्हारी आँखें कितनी खूबसूरत हैं।'

कबीर शॉक होके कहता है, 'कैसे?'

रागिनी, 'जिनके ब्राउन आईज़ होते हैं जब उनकी आँखों पर रोशनी घिरती है तो उनकी आँखें जैसे चमकती हैं वो उन्हें और भी ज्यादा खूबसूरत बना देती हैं।'

कबीर हँस कर बोला, 'तो मोहतरमा को हमारी आँखें पसंद हैं।'

रागिनी हँसी और बोली, 'शायद से कह सकते हैं।'

शाम के 6:30 बज गए थे रागिनी होस्टल में पहुँची नहीं थी और यहाँ सानवी थोड़ी बेचैन थी क्योंकि रागिनी को यहाँ आये हुए चार साल हो गए थे और आज तक ना वो किसी से इतना मिली है ना ही इतना बाहर जाती थी ये उसका पहली बार है जब वो किसी और के साथ बाहर गई हुई थी। तभी ही डोर

के नॉक होने की आवाज़ आती है और सानवी डोर खोलती है तो वहाँ रागिनी थी।

सानवी, 'इतना लेट आज रागिनी।'

रागिनी, 'यार वो शूट करने के बाद हम थोड़ा बातचीत कर रहे थे इसलिए देर हो गई।'

सानवी, 'तो क्या बात हुई है आज।'

रागिनी, 'अरे कुछ नहीं बस हॉबीज़ और क्या पसंद है उसके बारे में ही बात कर रहे थे।'

सानवी, 'ठीक है फ्रेश हो जा।'

रागिनी लेकिन आज अपनी ही दुनिया में खोई हुई थी क्योंकि पहली बार वो किसी लड़के से इतने कम समय में इतना घुल मिल गई है।

रागिनी मन में, 'क्या सच में उसे पसंद करने लगी हूँ या फिर कुछ और है। पता नहीं क्यों उसका नाम सुनते ही दिल ज़ोर ज़ोर से धड़क उठता है एक अजीब सी बेचैनी पैदा हो जाती है दिल में हर पल उसके साथ रहना का मन। अभी मिलके आई हूँ लेकिन उससे फिर मिलने का मन कर रहा है। कहीं प्यार तो नहीं हो गया।'

कबीर अपने घर में पहुँच कर फ्रेश होके सोफा पर बैठ कर वीडियो एडिट कर रहा था मगर खयालों में डूब कर अपने मन में सोच रहा था, 'फिरसे उसकी याद आ रही है और उसकी ये यादें मुझे ऐसा बेचैन कर रही हैं पता नहीं क्यों। ऐसा कभी नहीं हुआ पहली बार मुझे मेरे बारे में कुछ अच्छा लगा है सिर्फ उसकी वजह से। उसने कहा उसे मेरी आँखें पसंद हैं और बहुत

खूबसूरत हैं मगर क्या कभी वो ये बात जान पाएगी क्या कि ये आँखें इसलिए उसे खूबसूरत लगे क्योंकि इसमें बहुत दर्द बसा हुआ है जो शायद ही कोई कम कर सकता है। बस अब उससे लगाव हो ही गई है अब मिलने के बहाने ढूंढना बाकी है।'

और फिर ही वो होश में आया कि उसे एडिट करना है वीडियो और फिर से खुदसे सवाल करने लगता है क्या बहाना बनाके मिलने जाऊँ कल। हम्म्म आज पोस्ट करता हूँ और कल उसके साथ कमेंट्स और रिव्यूज़ के बारे में बात करने जाता हूँ।

किसी से लगाव हो जाए तो फिर दिल कितना बेचैन हो जाता है ना हर रोज उससे मिलने की ख्वाहिश आपको बहाने ढूंढने में लगा देती है। उसकी एक झलक आपको सुकून देता है। उसकी आवाज़ सुनने के लिए आपके कान तरस जाते हैं। उससे बात करने के लिए वक़्त निकालना। ये सब तभी होता है जब आपको किसी से लगाव हो जाए। याद रखना लगाव आदत से ज्यादा दर्द देती है। क्योंकि आदत छूट सकती है मगर लगाव उम्र भर कोशिश भी कर लो तो भी नहीं छूटती है। क्योंकि आदत छूटने के कुछ दिन बाद आप उस चीज़ को भूल जाते हैं पर लगाव नहीं ये आपको ना भूलने देती है नहीं चैन से रहने। कुछ रिश्ते आदत होती हैं छूट जाएँ तो दर्द होता है और कुछ रिश्ते लगाव होते हैं अगर छूट जाएँ तो साँसें रुक जाती हैं।

***

# 5

अगले दिन,

कबीर मैसेज करता है रागिनी को, 'Hi आज शाम 5 बजे मिले मद्रास कैफ़े पर।'

रागिनी कुछ देर बाद मैसेज देख कर रिप्लाई देती है, 'ठीक है मिलते हैं।'

शाम के 5 बजे दोनों कैफ़े पर बैठे हैं मगर पता नहीं क्यों दोनों के बीच में अजीब सी खामोशी थी कहने को तो दोनों के पास बहुत कुछ है कहने के लिए मगर कोई एक दूसरे से कुछ कह नहीं पा रहे पर इस बेचैनी सी खामोशी में भी कहीं ना कहीं दिल को एक सुकून महसूस हो रहा था।

खामोशी को तोड़ते हुए कबीर ने पूछा, 'क्या लेंगी आप मोहतरमा कॉफ़ी कोल्डड्रिंक कुछ।'

रागिनी, 'चाय एक कप चाहिए।'

कबीर, 'चाय??'

रागिनी, 'क्योंकि जब भी मुझे बेचैन महसूस होता है मुझे चाय पीना पसंद है।'

कबीर, 'आप तो सबसे अलग निकलीं मोहतरमा लोग अक्सर कॉफ़ी पीता हैं और आप तो चाय की दीवानी हैं।'

रागिनी, 'कोई भी किसी से अलग नहीं होता है या फिर कोई स्पेशल नहीं होता है जो चीज़ मैटर करती है वो है कि जो शख्स आपको देख रहा वो क्या सोच रहा है ये तुमको अलग लगा पर ये किसी के लिए नॉर्मल भी हो सकता है और इसलिए शायद से जब हम कोई नॉर्मल चीज़ भी करते हैं तो सामने वाले की नज़रिये से वो चीज़ बदलता है। अब देखो लड़कियाँ अपनी ज़ुल्फ़ें बांधती हैं तो वो उनके लिए नॉर्मल होता है लेकिन वो चीज़ उनके माशूक के लिए नहीं क्योंकि वहाँ वो महबूब के एक खूबसूरत रूप को निहारने में लग जाता है और उसे वो अलग लगती है।'

कबीर, 'शायद से हमारे लिए वो शख्स इसलिए सबसे अलग होता है क्योंकि हम उसे प्यार की नज़र से देखते हैं और शायद से वो जो नॉर्मल चीज़ भी होती है वो भी हमें ज्यादा स्पेशल लगती है।'

रागिनी थोड़ा हँस कर बोली, 'तुम कितने आसान से समझ जाते हो।'

कबीर, 'पर आज तक वो सवाल समझ नहीं पाया क्योंकि ना ही मेरे पास मोहब्बत है और ना ही महबूब।'

रागिनी हँस कर बोली, 'वक़्त आने पर समझ जाओगे।'

और तभी ही वेटर आके पूछता है, 'सर ऑर्डर प्लीज़।'

कबीर कहता है, 'दो चाय दे दीजिये।'

फिर वेटर वहाँ से चला जाता है। थोड़ी देर बाद वेटर लाके चाय दे देता है।

अचानक से रागिनी बोलती है, 'एक बात कहूँ। कबीर मुझे नहीं पता तुम क्या सोचोगे क्या कहोगे शायद से मुझे इन सब से फर्क नहीं पड़ता मुझे बस ये बात कहनी है क्योंकि ये बात मुझे ज्यादा बेचैन कर रही है।'

कबीर, 'वैसी कोई बात नहीं है आप कह सकती हैं मोहतरमा ऐसा कुछ नहीं है मैं कुछ नहीं सोचूँगा।'

रागिनी, 'कबीर पता नहीं क्यों मुझे समझ नहीं आ रहा मुझे क्या हो रहा है मैं आज तक किसी इंसान से इतना नहीं मिली हूँ जितना कि तुमसे शायद से मुझे लगता है कि तुम होते हो तो मुझे सेफ फील होता है एंड आई एम् कंफर्टेबल पता नहीं तुम्हारे साथ एक अलग लगाव हो चुका है।'

कबीर मन में सोचता है, 'शायद से ये चीज़ तभी होता है जब किसी से प्यार हो।' और फिर बोलता है, 'अब हम इतने अच्छे दोस्त बन गए हैं एक दो मुलाक़ात में ही मैं तो आज तक किसी के साथ इतना मिला ही नहीं हूँ इस शहर में इतने सालों से रह रहा हूँ लेकिन समीर के अलावा मेरा और कोई नहीं है इतना करीब वो ही है जिसने मुझे हर मोड़ में साथ दिया है। वैसे बातों बातों में, मैं तो एक चीज़ बोलने ही भूल गया आपने हमारा वीडियो देखा वैसे तो मैंने भी चेक नहीं किया है बस अपलोड करके मैं सो गया था। मिलके देखते हैं।'

रागिनी, 'अच्छा चलो दिखाओ।'

कबीर ने अपना इंस्टाग्राम अकाउंट खोला और देखा तो ऑलरेडी 3 मिलियन व्यूज़ हो चुके थे और उसमें इतने सारे कमेंट्स

और लाइक्स। रागिनी कमेंट्स पढ़ना शुरू करती है। कमेंट्स: दोनों बिल्कुल परफेक्ट लग रहे हैं। गिटार और घुंघरू एक साथ मिलकर एक मधुर संगीत बना रही है।

रागिनी और कबीर दोनों ही खुश थे और कहीं ना कहीं वो दोनों का दिल भी यही चाहता है। पर दिल की बात तो आज भी ये दोनों एक दूसरे बयान नहीं कर पाए क्योंकि उनके लिए अभी एक दूसरे की मौजूदगी, एक दूसरे से बात करना और साथ वक़्त गुज़ारना ही ज्यादा मायने रखता था। और तभी ही रागिनी के फोन पर कॉल आता है और तभी वो टाइम देखती है तो 7 बज चुके थे और कॉल सानवी का आया था क्योंकि होस्टल की लास्ट एंट्री 7:30 बजे की है और वो अभी तक पहुँची नहीं है।

फिर रागिनी ने कॉल उठाया और कहा, 'ऑलरेडी निकल चुकी हूँ आ जाऊँगी टाइम से पहले टेंशन मत ले।'

सानवी, 'ठीक है।'

रागिनी, 'मुझे निकलना होगा कबीर वरना बहुत लेट हो जाएगा तो प्रॉब्लम हो जाएगा अच्छा ठीक है मैं आती हूँ।'

कबीर, 'अच्छा चलो मैं आपको छोड़ देता हूँ।'

रागिनी, 'मैं चली जाऊँगी कोई बात नहीं।'

रागिनी वहाँ से निकल गई और थोड़ी देर बाद जब कबीर वहाँ से निकल ही रहा था वहाँ उसने देखा रागिनी की पायल पड़ी थी पर रागिनी तो जा चुकी थी इसलिए वो पायल वो वहाँ से लेके आ गया।

'कभी कभी हमें लगता है कि क्या हमें किसी छोटी चीज़ से भी प्यार हो सकता है। तो शायद मेरा जवाब होगा हम्म क्योंकि जब वो चीज़ महबूब का हो तो हम्म प्यार हो जाता है। एक पायल को कौन इतना संभाल के रखता है। रखा जा सकता है क्योंकि वो चीज़ महबूब से जुड़ी होती है। और वो चीज़ आपको हर पल आपको उसकी याद दिलाती है जब भी आप उस चीज़ को देखते हो। इसलिए उससे जुड़ी हर चीज़ हमें प्यारी होती है कितनी भी छोटी चीज़ क्यों ना हो।'

***

# 6

2 दिन बाद,

रागिनी, 'यार सानवी उसकी बहुत याद आ रही है क्या करूँ क्या ऐसा ही होता है जब आपको किसी से प्यार हो जाए आपको किसी से लगाव हो जाए। शायद ऐसा ही होता है मैं उससे सिर्फ दो तीन बार मिली हूँ मगर उससे इतना लगाव रोज उससे मिलने के लिए उसके साथ वक़्त बिताने के लिए दिल करता है ये सब तभी होता है जब कायनात को आपको किसी के साथ मिलाना चाहता हो और उसे ही आपके ज़िंदगी की वजह बनाना चाहता हो।'

सानवी, 'वो तो है जिससे प्यार हो जाए उस शख्स के साथ कुछ लम्हे इतने खूबसूरत हो जाते हैं पता ही नहीं चलता। उस वक़्त पर आप सिर्फ उसी शख्स के बारे में सोचते हो उसे ही मिलने की आरज़ू रहती है। उस शख्स के अलावा आपको कोई और दिखता ही नहीं है। हम हमेशा सोचते हैं कि क्या किसी को देखने से हमारे दिल में अचानक से एक अलग सी फीलिंग आती है तो यह कहीं ना कहीं सच है कि हम्म एक अलग सी आवाज़ आती है उस शख्स को देख के जिससे मोहब्बत हो।'

कबीर के घर पे,

कबीर, 'ये पायल लौटा दूँ उसको या फिर रख लूँ अपने पास क्या करूँ?' ये सवाल खुदसे करके कुछ देर कबीर उस पायल को देखने में लग गया। फिर अचानक से बोला, 'कि मैं जिस दिन अपने मोहब्बत का इज़हार करूँगा उस दिन ये पायल दूँगा।'

और तभी ही अचानक से घर की घंटी बजती है और जा कर डोर खोलके कबीर ने देखा तो वो थोड़ा सा शॉक हो गया क्योंकि उसे लगा था कि समीर आया होगा लेकिन यहाँ तो रागिनी आई हुई थी।

कबीर, 'आज तुम कैसे यहाँ अचानक से ना फोन ना मैसेज किया एक बार बता देती तो मैं आ जाता।'

रागिनी, 'क्यों अब दोस्त के घर पे भी नहीं आ सकती क्या वैसे भी तो आना जाना लगा रहेगा इतने अच्छे दोस्त जो बन गए हो तुम।'

पर रागिनी के दिल में कुछ और ही था क्योंकि उसको पता नहीं क्यों कबीर की आदत हो गई थी। और अब वो उससे मिलने के बहाने ढूंढ रही है।

कबीर, 'अच्छा अंदर आओ वैसे चाय के साथ क्या लोगी तुम।'

रागिनी, 'चलो मैं भी तुम्हारी मदद करती हूँ, अच्छा मैं बहुत अच्छा बन मस्का बनाती हूँ।'

कबीर ने अचानक से पूछा, 'वैसे कुछ काम था क्या आज?'

रागिनी, 'नहीं मतलब हम्म.... हम्म.... कुछ काम था तुमसे कुछ बात करनी थी वो अगला शूट कब कर रहे हैं।'

पर रागिनी ये बात जानती थी कि उसे शूट के बारे में बात नहीं करनी थी बल्कि उसे तो कबीर से मिलना था। शायद से कबीर के साथ वक़्त गुज़ारना और बातें करना उसे अब पसंद आने लगा था।

कबीर, 'अगले हफ्ते करते हैं ना वैसे भी ऑडियंस बहुत एक्साइटेड है मेरे गिटार और तुम्हारे घुँघरू की जुगलबंदी देखने के लिए।'

रागिनी, 'वो तो है।'

फिर कुछ देर नेक्स्ट शूट के बारे में बात करने के बाद रागिनी वहाँ से जाने लगी।

फिर कबीर ने उसे पीछे से आवाज़ दिया, 'रुकिये मोहतरमा हम आपको आपके होस्टल तक छोड़ आते हैं।'

रागिनी, 'ठीक है।'

शाम को,

रागिनी, 'सानवी एक बात बता क्या उसको भी मुझसे प्यार होगा या फिर वो मुझे सिर्फ एक दोस्त मानता होगा।'

सानवी, 'ये मैं कैसे बता सकती हूँ किसी के मन में क्या चल रहा है अब तेरा तो पता है कि तू पागल हो चुकी है उसके ख्यालों में पर उसका पता नहीं। वैसे भी इतना मत सोच क्योंकि अगर तुम दोनों को एक दूसरे से प्यार हो गया होगा तो अपने आप तुम दोनों को एहसास हो जाएगा।'

रागिनी, 'सही है वैसे एक बात बताऊँ मेरी एक पायल जो खो गई थी आज मैंने देखा उसने रखा था सोफा के ऊपर और मैं वहाँ जाते ही उसने वो पायल छुपा लिया।'

सानवी, 'तुझे पता है करके क्या ये बात उसे पता है।'

रागिनी, 'नहीं उसे नहीं पता।'

अचानक से रागिनी के मोबाइल पर एक नोटिफिकेशन आता है। रागिनी ने फोन चेक किया तो देखा कि कबीर ने मैसेज किया था। 'Hi, रविवार अगर फ्री हो तो कहीं घूमने चलें क्या।'

रागिनी रिप्लाई देती है, ठीक हैं चलते हैं।

रविवार,

शाम के 5 बजे कबीर और रागिनी कुतुब मीनार में पहुँच गए थे। आज कबीर ने सोचा था कि जैसे भी करके वो अपने दिल की बात रागिनी को कह देगा। पर न जाने क्यों हमेशा की तरह वो उस दिन भी अपने दिल की बात कह नहीं सका। शायद उसको ये डर था कि कहीं रागिनी के मन में उसके लिए प्यार होगा या नहीं।

'इज़हार से पहले का डर कि कहीं वो मुझसे प्यार करती है या नहीं जो मैं महसूस करता हूँ वो करती है या नहीं। ये सारे सवाल आपकी रातों की नींद खराब कर देंगे। ये दूसरे के मन की बात जानने की दिलचस्पी बढ़ जाएगी। पर जब ये इज़हार-ए-इश्क़ दोस्ती में आ जाता है शायद तब चीज़ें थोड़ी मुश्किल हो जाती हैं क्योंकि आप तब ये सोचकर डर जाते हैं कि कहीं आपकी दोस्ती न टूट जाए आपके प्यार की वजह से। तभी आपको प्यार चाहे मिले या नहीं पर दोस्ती आप खोने

के लिए तैयार नहीं होते क्योंकि दोस्त रह कर भी आप एक तरफा प्यार कर सकते हैं। आप उसे अपनी ज़िंदगी का हिस्सा तो रख सकते हैं।'

***

# इश्क

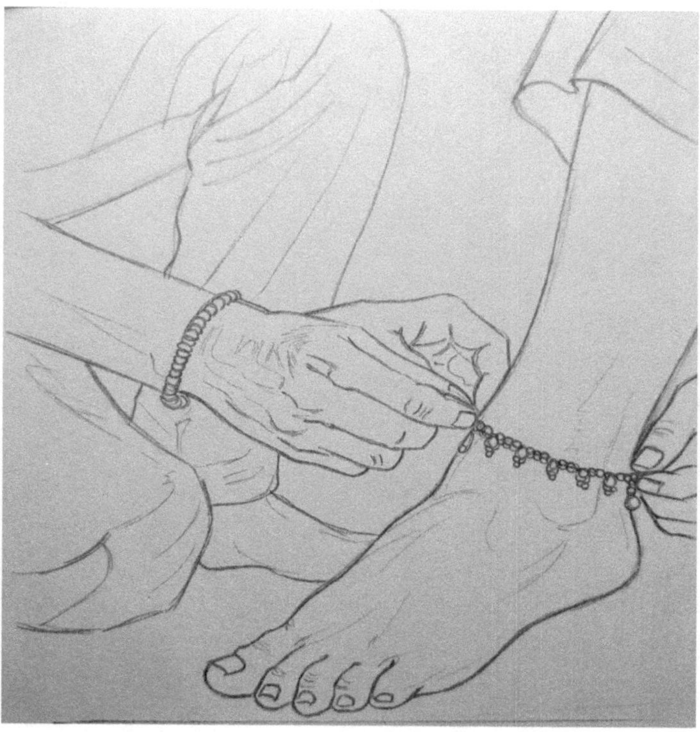

# 7

4 महीने बाद,

12th मई,

4 महीने हो गए कबीर और रागिनी को मिले हुए हर रविवार कुतुब मीनार जाना और मिलके शूट करना मिलकर चाय पीना और साथ वक़्त बिताना जैसे कि अब एक आदत बन चुकी है। अब दोनों एक दूसरे के बहुत अच्छे दोस्त तो बन गए थे मगर अब तक दिल की बात किसी ने भी एक दूसरे से नहीं की थी। पर उन दोनों के दिल को ये पता था कि वो दोनों एक दूसरे से बहुत प्यार करते हैं।

कबीर के घर में,

समीर, 'यार अब तो 4 महीने हो गए तू हर रोज ये सोच के जाता है कि आज अपने दिल की बात कह देगा पर फिर कुछ नहीं बोलता और वापस आ जाता है।'

कबीर, 'वैसी बात नहीं है जब भी मैं उससे मिलता हूँ उसकी बातों में खो जाता हूँ उसकी वो हँसी देख के मेरे दिल को सुकून मिलता है। पता है वो जब कहती है कि कबीर पता है मैं तुमसे

इतना क्यों मिलती हूँ क्योंकि मैं तुम्हारे साथ सेफ फील करती हूँ और एक अलग सा महसूस करती हूँ और तुम्हारे साथ हर रविवार कुतुब मीनार देखने का मज़ा ही अलग है। और ये सब सुनके मैं अपनी बातें भूल जाता हूँ उसे देखके एक अलग ही सुकून मिलता है दिल को।'

वो बुरा बोले तो भी अच्छा लगता है,
वो झूठ को सच बोले तो झूठ भी सच लगता है।
इस तरह ज़हन में बसा है वो शख़्स,
कोई उसका नाम ले तो हमें इश्क़ सुनाई देता है।
\- कबीर

समीर, 'प्यार में ऐसा ही होता है मेरे भाई पर क्या तेरे बारे में और तेरे पास्ट के बारे में जानने के बाद वो तेरे साथ रहेगी।'

कबीर, 'पता नहीं अब जब उससे इश्क़ हो गया है अब उससे कोई उम्मीद नहीं चाहे वो प्यार करे या नहीं, चाहे वो अपनाए या नहीं, पर अब शायद से उसके अलावा इस ज़िंदगी में और कोई नहीं। एक अजीब सी चीज़ है इश्क़ में ना महबूब को पाने का जुनून होता है, ना महबूब को खोने का डर, होता है तो बस उसके हर रूप से प्यार करना।'

समीर, 'बस यही चाहता हूँ कि वो तुझे समझे और तेरा साथ दे।'

कबीर, 'मैं सोच रहा हूँ इस रविवार ज़रूर अपने दिल की बात बताऊँगा।'

होस्टल में,

रागिनी, 'यार सानवी दिल से और संभाला नहीं जा रहा क्या इस बार बता दूँ दिल की बात कि मैं उससे प्यार करती हूँ।'

सानवी, 'इज़हार तो ज़रूरी है रागिनी तभी तो तुझे उसके दिल में क्या है वो पता चलेगा। फिर तुझे पता चलेगा कि तुम दोनों का दिल क्या चाहता है।'

रागिनी, 'तो इस संडे अपने दिल की बात उससे बोल कर ही रहूँगी।'

रविवार, कुतुब मीनार,

रागिनी और कबीर साथ बैठ कर आज पहली बार नाइट शो देख रहे थे क्योंकि आज रागिनी होस्टल में लेट लौटेगी करके अपने होस्टल हेड को पहले ही बोल कर आई हुई थी।

रागिनी, 'कुछ कहना था तुमसे।'

कबीर, 'मुझे भी कुछ कहना था तुमसे।'

रागिनी, 'तुम पहले बताओ क्या बोलना है।'

कबीर, 'अरे नहीं तुम बोलो फिर मैं बोलता हूँ।'

रागिनी, 'मैंने बोला ना तुम बोलो, चलो जल्दी बताओ प्लीज़।'

कबीर, 'अच्छा ठीक है। वैसे मुझे नहीं पता कि तुम्हें कैसा लगेगा पर....'

रागिनी, 'मैं तुमसे प्यार करता हूँ, यही कहना चाहते थे ना तुम।'

कबीर कुछ देर के लिए नंब हो गया।

रागिनी, 'बताओ ना यही कहना चाहते थे ना तुम।'

कबीर, 'शायद से यही कहना चाहता था और यही कहने के लिए 4 महीने से इंतज़ार कर रहा था।'

रागिनी, 'तो अब मैं बोलूँ अपने दिल की बात।'

कबीर, 'हम्म बोलो।'

शायद से कहीं ना कहीं कबीर थोड़ा डरा हुआ था कि रागिनी मना तो नहीं कर देगी।

रागिनी, 'शायद मैं भी यही कहना चाहती थी कि मैं भी तुमसे प्यार करती हूँ कबीर।'

कबीर ये सुन कर थोड़ा शॉक तो था और उसके कानों को भी ये भरोसा नहीं हो रहा था कि अब भी उसने क्या सुना।

कबीर, 'क्या फिर से कह सकती हो जो तुमने अब कहा।'

रागिनी, 'मुझे तुमसे मोहब्बत हो गई है कबीर। और शायद से ये भी सच है कि अब तुम मेरी आदत बन चुके हो कबीर।'

कबीर की आँखें नम हो गई थी उसने कस कर रागिनी से गले लगाया और कहा, 'मैं भी तुमसे बेहद मोहब्बत करता हूँ।'

रागिनी, 'अच्छा अब तो मेरी पायल लौटा दो देखो कितने दिनों से एक पायल पहन कर घूम रही हूँ।'

कबीर, 'तुम्हें पता था तुम्हारी पायल मेरे पास है।'

रागिनी, 'हम्म मुझे पता था।'

कबीर, 'ठीक है मोहतरमा।'

कबीर ने अपने पॉकेट से पायल निकाला और रागिनी उसे लेकर पहनने ही वाली थी कबीर ने टोका और कहा, 'मैं पहना दूँ।'

रागिनी हँस कर बोली, 'ठीक है पहना दो।'

कबीर ने रागिनी को पायल पहनाया और शायद से ये उसके ज़िंदगी का सबसे खूबसूरत पल होगा जो उसने महसूस किया है।

'इश्क़ में उसके सामने झुकना में कोई हर्ज़ नहीं। खुद भगवान भी झुके थे अपनी पत्नी के सामने। और वैसे भी जिससे प्यार करते हैं उसके सामने झुकने में कैसी शर्म हम छोटे तो नहीं हो जाते बल्कि हम खुदको उसके हवाले कर देते हैं। ताकि दुनिया में जब भी हमारा नाम लिया जाए तो उसका नाम भी जुड़ा हो हमारे नाम के साथ।'

पर अचानक से क्यों आज मौसम थोड़ा सा खराब होने लगा था ठंडी हवाएँ चल रही थी और काले बादल छाने लग गए थे। बदलते हुए मौसम देख कर वो दोनों वहाँ से जल्दी निकल गए क्यों कि रागिनी को होस्टल पहुँचाना था। आधे रास्ते में तेज़ बारिश की वजह से उन दोनों को कबीर के घर जाना पड़ा क्यों कि वो सबसे ज़्यादा नज़दीक था और अगर वो होस्टल पहुँच भी जाते तो रागिनी होस्टल के अंदर एंट्री नहीं कर पाती क्यों कि रात के 9 बज गए थे। कबीर और रागिनी पूरे भीग गए थे।

कबीर अपने रूम से एक नया टॉवल लेके आता है कहता है, 'तुम जाओ अंदर फ्रेश हो जाओ वरना ठंड लग जाएगी।'

रागिनी टॉवल लेके कबीर के रूम का दरवाज़ा खोलते ही वो थोड़ी सी शॉक हो गई। क्यों कि वो इससे पहले कबीर के घर आई थी पर कभी उसके रूम में नहीं गई थी और आज पहली बार उसके रूम के अंदर एक पैंटिंग देख कर उसकी आँखें नम हो गई। वो पैंटिंग घुँघरू में नाचती हुई एक लड़की का था और वो कोई नहीं रागिनी की ही पैंटिंग थी। पर उस वक़्त वो कुछ ना कह कर फ्रेश होने के लिए चली गई। और वो बाथरूम से निकलने के बाद वो देखती है कि एक पिंक कलर का कुर्ता और एक प्लाज़ो बेड के ऊपर था। और उसके ऊपर एक नोट था _ये पहन लेना smile emoji_। उसके बाद वो नोट पढ़ कर रागिनी के चेहरे पर एक मुस्कान आ गई। पर उसके मन में ये सवाल उठा कि कबीर ने ये कुर्ती क्यों खरीदी है और उसके पास तो ये पहले से ही होगा तो फिर किसका है ये।

वो रूम से निकल कर आई और उसने पूछा रागिनी, 'वैसे कबीर एक बात पूछूँ।'

कबीर, 'पूछिये मोहतरमा।'

रागिनी, 'ये कुर्ती तुम्हारे पास कैसे आया मतलब तुमने ये क्यों खरीदा था या फिर किसका है।'

कबीर, 'शांत हो जाओ थोड़ा सा रुक कर पूछो एक साथ सारे सवाल को जवाब कैसे दूंगा।'

रागिनी, 'अच्छा ठीक है बताओ।'

कबीर, 'मैंने ये ड्रेस तुम्हें तुम्हारे बर्थ डे में देने के लिए खरीदा था।'

रागिनी, 'पर अभी तो बहुत दिन बाकी हैं फिर इतने पहले से क्यों। मेरा बर्थडे तो 29th मई को आता है।'

कबीर, 'मैने देखा था कि ये कुर्ती अभी ज्यादा आसानी से नहीं मिलती और जल्दी आउट ऑफ स्टॉक हो जाती हैं इसलिए खरीद लिया। मुझे लगा ये तुमपे ज़्यादा अच्छा लगेगा इसलिए ऑर्डर कर दिया।'

रागिनी, 'अच्छा तो सरप्राइज़ था पर वैसे तो बहुत लोग ज्वेलरी या फिर चॉकलेट देते हैं पर तुमने ये कुर्ती क्यों खरीदी है।'

कबीर, 'क्यों कि ज्वेलरी कितना भी संभालो कभी ना कभी गुम हो सकती है फूल तुम शायद मुरझाने के बाद फेंक सकती हो लेकिन ये कुर्ती तुम हमेशा संभाल के रखोगी और जब तुम ये पहनोगी तुम्हें हमेशा मेरी याद आएगी। तुम्हें हमेशा मेरे पास होने का एहसास होगा।'

रागिनी, 'ओह तो ये सोच कर दिया है गिफ्ट।'

और फिर उसने कबीर को गले लगाया।

फिर रागिनी ने कबीर से कहा, 'अच्छा अब तुम जाओ फ्रेश हो जाओ।'

कबीर फ्रेश हो कर लिविंग रूम में आया ही था और उसकी आँखें टेबल पर पड़ी जहाँ पर गरम रोटियाँ और सब्ज़ी थी और रागिनी सर्व कर रही थी।

कबीर, 'तुमने इतनी मेहनत क्यों की मैं बना लेता।'

रागिनी, 'अब मैंने बना लिया है तो तुम आओ मिलकर खाना खाते हैं, मुझे बहुत भूख लगी है।'

कबीर, 'ठीक है।'

खाना खाने के बाद दोनों बैठ कर अगले शूट के बारे में लोकेशन डिसाइड कर ही रहे थे रागिनी ने टोका और कहा, 'मुझे नींद आ रही है कल बात करते हैं वैसे भी बहुत रात हो चुकी है।'

कबीर, 'ठीक है तुम कमरे में सो जाओ मैं यहाँ सो जाता हूँ।'

रागिनी, 'पर तुम शायद से अनकम्फर्टेबल फील करोगे तुम रूम में सो जाओ मैं यहाँ सो जाती हूँ।'

कबीर, 'मैंने कहा ना तुम जाओ और सो जाओ।'

रागिनी, 'ठीक है।'

कबीर, 'तुमने सानवी को कह दिया है ना कि तुम रात को यहाँ रुक रही हो।'

रागिनी, 'मैंने मैसेज कर दिया है। अच्छा गुड नाइट।'

रागिनी रूम में जाने के बाद ये सोचती है,

'शायद से यही इश्क़ होता है, क्योंकि हमें यहाँ किसी भी चीज़ की कोई ख्वाहिश नहीं होती है क्योंकि हमारे लिए बस कुछ ज़रूरत होता है तो बस महबूब का प्यार। ये जिस्मों पे मरने वाले कहाँ सच्चा इश्क़ कर पाते हैं। जब इश्क़ होता है तो जिस्मों की लालच नहीं होती है महबूब के रूह की तलब होती है। और हर शख्स एक जैसा भी नहीं होता हर किसी के लिए प्यार का मतलब भी एक नहीं होता है। किसी के दिल से खेलना होता है तो किसी के लिए उसके दिल को संभालना

होता है। हर कोई इश्क़ करने के लायक नहीं होता है क्योंकि जब ये प्यार से बढ़कर इश्क़ में बदल जाता है तब इंसान के मन में ना कोई ज़िद होती है कि वो सिर्फ मेरे साथ रहे और किसी के साथ नहीं पर जब इश्क़ की बात होती हैं तब वो जहां भी रहे खुश रहे।'

***

# 8

अगली सुबह,

रागिनी कॉलेज पहुँचकर गेट के सामने गई ही थी उसने देखा कि सानवी उसके लिए इंतज़ार कर रही थी।

रागिनी सानवी के पास जाकर बोली, 'कब से इंतज़ार कर रही हो? माफ़ करना थोड़ा देर हो गई।'

सानवी, 'नहीं, मैं भी कुछ देर पहले ही आई हूँ। और कोई परेशानी तो नहीं हुई है ना?'

रागिनी, 'कुछ नहीं हुआ सानवी, तू चिंता मत कर। चल अब क्लास का समय हो रहा है।'

क्लास खत्म करके रागिनी और सानवी कॉलेज की कैंटीन में बैठकर सैंडविच खा रही थीं।

तभी अचानक से रागिनी ने सानवी से पूछा, 'एक बात बता, जब हम किसी को अपनी ज़िंदगी में जगह देते हैं तो उन्हें हमारे अतीत के बारे में बताना चाहिए?'

सानवी, 'शायद हाँ। क्योंकि इससे तुम अपना दर्द बाँट रही हो जो तुम्हारे सिवा और किसी को पता नहीं होता है।'

रागिनी, 'मगर उसे मेरे अतीत से परेशानी हुई तो?'

सानवी, 'तो समझ जाना वो तुमसे सच्चा प्यार नहीं करता। क्योंकि जिसे तुमसे प्यार होगा वो कभी भी तुम्हारे अतीत को लेकर तुम्हें नहीं आँकेगा।'

रागिनी, 'पर अगर अतीत ऐसा हो कि जिसके साथ शायद ही कोई तुम्हें अपनाए।'

रागिनी की आँखों से एक आँसू निकल गया। फिर वो वहाँ से चली गई।

रागिनी, 'जब ज़िंदगी में कुछ अच्छा भी हो रहा हो तो मुझे फिर से मेरा अतीत यही याद दिलाता है कि क्या पता इस बार भी कुछ वैसा ही हो। कल ही उसने मुझसे कहा था कि वो मुझसे प्यार करता है पर अगर आज मेरा सच जानकर अगर वो मुझसे दूर चला जाएगा तो। पर क्या करूँ मेरा दिल ये चाहता है कि मैं उसे सब बता दूँ अपनी ज़िंदगी के वो हर राज़ जो मुझे आज भी चुभते हैं मुझे कमज़ोर बना देते हैं। पर मैं आज उसे सब बता दूँगी क्योंकि जब किसी से इश्क़ हो जाए तो उससे बिछड़ने का डर चला जाता है, पाने की आग बुझ जाती है, और शायद से बिछड़ भी जाए तो भी दर्द नहीं होगा क्योंकि वो दर्द भी सुकून में बदल जाएगा।'

कबीर यूनिवर्सिटी से आकर घर में बैठा ही था उस समय घर की घंटी बजी और वो दरवाज़ा खोलते ही देखता है कि रागिनी

खड़ी थी उसकी आँखें थोड़ी सी सूज गई थीं उसके बाल थोड़े बिखरे हुए थे।

कबीर अचानक से वो कुछ बोला ही था रागिनी अंदर आकर सोफे पर बैठ गई कबीर थोड़ा हैरान था वो आकर सोफे पर बैठता है।

रागिनी के हाथ पर हाथ रखता है और पूछता है, 'ये तुमने अपनी हालत ऐसी क्यों बना रखी है।'

रागिनी कबीर को पूछती है, 'आज मैं तुमसे कुछ कहना चाहती हूँ मुझे नहीं पता इसके बाद तुम शायद ही मुझसे प्यार करो पर मुझे कोई फर्क नहीं पड़ता मैं चाहती हूँ तुम्हें बताना इसीलिए बता रही हूँ।'

कबीर, 'पर हुआ क्या तुम रो क्यों रही हो और ऐसे क्यों कह रही हो।'

रागिनी, 'मैं अपने बारे में कुछ बताना चाहती हूँ। मेरा बचपन विशाखापट्टनम में गुज़रा है। बचपन में, मैं जब 4 साल की थी मैं, मेरे पापा और मम्मी हमारे एक अंकल वीरेंद्र प्रताप तब वो अपना बिज़नेस करते थे वहाँ तो हम उनके घर गए थे क्योंकि तभी पापा का नया-नया ट्रांसफर हुआ था और वो हमारे रिश्तेदार थे। और पहली बार हम जब उनके घर गए थे तब वो अंकल पहले अच्छे बर्ताव कर रहे थे पर एक दिन जब हम उनके घर गए थे तब उन्होंने मुझे बुलाया और गलत तरीके से छुआ और कहा मम्मी और पापा को बताओगी तो वो मुझे मार देंगे और मैं डरके अपने मम्मी पापा को कुछ नहीं बता थी। जब मैं 15 साल की हुई तो तब वेकेशन चल रहा था स्कूल का और वो अंकल हमारे घर आए हुए थे और मुझे

हमेशा उनसे डर लगता था और अचानक से उस दिन मम्मी और पापा को किसी काम की वजह से बाहर जाना पड़ा और शायद से वो दिन मेरे लिए अंधेरे जैसा था। उस दिन शायद से किसी को मेरी आवाज़ सुनाई नहीं दे रही थी और उस शख्स ने मेरे साथ जो किया वो सोचूँ तो मुझे आज भी डर लगता है, मेरी रूह काँप जाती है, फिर से वही दर्द होने लगता है।

मैंने एक बार हिम्मत करके अपने मम्मी पापा को जब बताया तो वो लोग मुझपे भरोसा करने के अलावा उस शख्स के ऊपर भरोसा किया। उसके कुछ दिन बाद मैं स्कूल के बाहर मेरे एक दोस्त राघव से नोट्स ले रही थी और उसने वहाँ पर हमारा फोटो उठाया था। और वो फोटो लेकर मेरे मम्मी पापा को दिखाकर मेरे नाम पे झूठा इल्ज़ाम लगाया था कि मेरा बॉयफ्रेंड है। और उस दिन मम्मी पापा को ये लगने लगा कि मैं अपनी गलती छुपाने के लिए उस शख्स के ऊपर झूठा इल्ज़ाम लगा रही थी। उसके बाद से घर से मेरा बाहर जाना किसी से बात करना बंद कर दिया गया था। मुझे 19 साल हुआ था मेरे मम्मी पापा ने मेरी शादी कराने की बात कर रहे थे। और उसी रात मैं उस घर से भाग कर आ गई और स्टेशन पर कुछ देर बैठने के बाद मैं ट्रेन लेकर दिल्ली आ गई।'

***

# 9

रागिनी, 'स्टेशन पे एक बेंच पर बैठी हुई थी तभी ही शायद से एक NGO जो अनाथ बच्चों को और जो लोगों के लिए काम करते हैं वो लोग उसी दिन ही आए हुए थे। वहाँ पर एक लेडी थी जो 60 से 65 उम्र की थी मैंने जाकर उनसे बात की तो उन्होंने मुझे उनके NGO में रहने के लिए जगह दी। फिर मैंने उनसे ही कथक सीखा उन्हें अपने बारे में सब कुछ बताया, फिर कुछ साल मैं उनके पास रह कर ही अपनी पढ़ाई करने लगी और फिर उन्होंने मुझे यहाँ भेजा। वो ही मेरी माँ हैं क्योंकि उन्होंने मुझे और एक जन्म दिया है। और आज भी मैं कभी-कभी मिलने जाती हूँ और उन बच्चों के साथ भी मिलती हूँ। जानती हूँ ये सब सुनने के बाद शायद ही तुम मुझे पसंद करोगे पर मुझे तुमसे कोई उम्मीद नहीं है कबीर क्योंकि आज भी कुछ अच्छा होता है तो मैं डर जाती हूँ कहीं इसकी सज़ा ज़्यादा दर्द ना दे।'

तभी कबीर रागिनी को टोक कर कहता है, 'जो तुम्हें कहना था वो तुमने कह दिया अब मेरी बात सुनो। मुझे कोई फर्क नहीं पड़ता कि अतीत में तुम्हारे साथ क्या हुआ था। अगर किसी चीज़ से फर्क पड़ता है तो वो सिर्फ यह है कि तुम मुझसे प्यार

करती हो या नहीं और मेरी वजह से तुम्हें कभी भी दर्द ना पहुँचे। मोहब्बत किया है तुमसे मुझे ना ही किसी चीज़ से फर्क पड़ता है कि तुम्हारे साथ क्या हुआ था। और जब किसी से मोहब्बत हो जाती है ना तो उसकी खूबियाँ और ना ही उसकी खामियाँ हमें कभी दिक्कत लगती हैं। इसलिए तुम अभी रोना बंद करो चलो चुप हो जाओ। ज़िंदगी में सबकी बुरे पन्ने होते हैं हमारा काम होता है कि कैसे हम एक-दूसरे का दर्द, एक-दूसरे के ज़ख्म को ठीक करें ना कि उनको एक और ज़ख्म दें।'

रागिनी, 'पर क्या तुम ये सब जानने के बाद भी मेरा साथ देना चाहते हो?'

कबीर, 'जानती हो रागिनी जब किसी शख्स से शिद्दत से मोहब्बत हो जाती है ना फिर उसका अतीत हमें कभी नज़र ही नहीं आता, क्योंकि वो शख्स हमें हर रूप से पसंद होता है। मैं बस इतना चाहता हूँ कि तुम्हें कभी भी मेरी वजह से दर्द ना मिले।'

रागिनी, 'पर मोहब्बत करके किसी को दर्द के अलावा कुछ मिला ही नहीं।'

कबीर, 'शायद आप भूल रहे हो ये मोहतरमा वो दर्द कब सुकून में बदल जाता है आपको पता भी नहीं चलता।'

रागिनी, 'क्या इसे ही इश्क़ कहते हैं कबीर?'

कबीर, 'शायद से इसे ही इश्क़ कहते हैं।' फिर दोनों एक-दूसरे से गले मिलते हैं। कुछ देर बाद कबीर कहता है, 'वादा करो कि अबसे ज़िंदगी में जितनी भी मुसीबतें आएँ तुम हमेशा मुझे बताओगी और कभी भी अपनी आँखों से आँसू नहीं बहाओगी।'

रागिनी, 'क्यों??'

कबीर, 'क्योंकि आँसू तुम्हारी आँखों से निकलेंगे तो दर्द मेरे दिल को होगा।'

रागिनी थोड़ा हँस कर बोली, 'ठीक है।'

'शायद यही होता है जब आप अपनी ज़िंदगी में सही शख्स से प्यार करते हो। जब किसी से प्यार होता है तो उसके रंग रूप उसकी खामियाँ हमें कभी भी नज़र नहीं आती हैं। नज़र आती है तो सिर्फ उसका दिल, वो शख्स कैसा है। बस यही देख के प्यार होता है। हम उनके ज़ख्मों को भरते हैं नहीं कि उन्हें और एक ज़ख्म देते हैं। ज़िंदगी में उनको आगे बढ़ने में उनका साथ देते हैं नहीं कि उन्हें आगे बढ़ने से रोकते हैं। और जब आपको महबूब के अतीत से कोई फर्क नहीं पड़ता। क्या हुआ है उसके साथ से आपको कुछ फर्क नहीं पड़ता। आप बस उसके दर्द को बाँटते हो उन्हें हिम्मत देते हो उन्हें अपने प्यार से उन्हें संभालते हो। तभी ही आप किसी शख्स से मोहब्बत करते हो। मोहब्बत वो नहीं जहाँ हम ज़ख्म देते हैं बल्कि मोहब्बत वो है जहाँ हमारा दिल उस दर्द को भरने के लिए पुकारता है।'

कबीर, 'और कभी आना हो तो मुझे मैसेज कर दीजिएगा मोहतरमा मैं खुद लेने आ जाऊँगा आपको तकलीफ़ करने की कोई ज़रूरत नहीं है।'

रागिनी, 'ठीक है।'

कबीर, 'आज यहीं रुक जाओ।'

रागिनी, 'क्यों?'

कबीर, 'पता नहीं क्यों आज रुक जाओ यहाँ।'

रागिनी, 'अच्छा मैं सानवी को बता देती हूँ वरना वो परेशान होती रहेगी।'

थोड़ी देर बाद रागिनी और कबीर सोफा पर बैठ कर बात कर रहे थे और अचानक से रागिनी उस पेंटिंग के बारे में पूछती है जो कबीर ने अपने कमरे में लगाई थी।

कबीर, 'जिस दिन समीर ने मुझे तुम्हारा डांस का वीडियो दिखाया था उस दिन मैंने वो पेंटिंग बनाई थी और उस दिन से मैं तुमसे मिलना चाहता था। फिर तभी ही दिल्ली यूनिवर्सिटी में हम दोनों का प्रोग्राम था और उस दिन मैंने तुम्हें करीब से देखा। तुम्हारे वो हर एक परफेक्ट मूव्स, तुम्हारी वो आँखें वो बहुत कुछ कहना चाहती हों, चेहरे की वो हँसी जो अपने दर्द को छुपाने की कोशिश कर रही थी। और कब ये दिलकशी से इश्क़ में बदल गया और ये क्यों हुआ, कैसे हुआ मुझे नहीं पता।'

रागिनी, 'शायद से तुम्हें वजह नहीं पता है शायद से वही असली मोहब्बत होती है।'

रागिनी, 'वैसे तुम कभी अपने घर नहीं जाते?'

कबीर, 'कुछ देर के लिए चुप हो जाता है और कहता है नहीं।'

रागिनी, 'क्यों नहीं जाते अपने घर?'

कबीर, 'फिर कभी बताऊँगा अभी नहीं वैसे भी जब वक्त मिलेगा तब बताऊँगा।'

रागिनी, 'ठीक है।'

***

# अकीदत

Aapke
liye
मोहतरमा

# 10

कुछ महीने बाद,

रागिनी, 'कितना अजीब है 5 महीने हो गए उसके और मेरे रिश्ते को पर उससे मेरे बारे में सब कुछ पता है, पर उसके बारे में मुझे कुछ भी नहीं पता सिवाय इस चीज़ के कि वो मुझसे प्यार करता है। उसके मेरे साथ वक्त बिताना अच्छा लगता है। रिश्तों के मायने बहुत अच्छे जानता है। एक ऐसा शख्स है वो जिसे चीज़ों को और रिश्तों को संभालना बहुत अच्छे आता है। पर आज भी ये बात मुझे कभी-कभी बेचैन करती है क्या उसका कोई अपना नहीं है या फिर कुछ और। एक बार पूछा था उससे और उस दिन बताया था कि जिस दिन सही वक्त आएगा तब बताएगा।'

अपने मन में ये सब सोच ही रही थी सानवी सैंडविच लेकर आती है और रागिनी को देती है।

सानवी, 'किस ख्यालों में डूबी है?'

रागिनी, 'कुछ नहीं बस ऐसे ही।'

सानवी, 'कुछ बात हुई है क्या जो तू इतनी गहरी सोच में है?'

रागिनी, 'कुछ नहीं बस यही सोच रही थी कि कबीर ने कभी भी अपने परिवार के बारे में कभी बताया ही नहीं। कहने को इतने दिन से जानती हूँ उससे मगर उसके बारे में मुझे कुछ भी नहीं पता।'

सानवी, 'एक बात बता रागिनी शायद उसकी कोई मजबूरी हो सकती है इसलिए उसने नहीं बताया होगा। और भरोसा रख कबीर बहुत अच्छा है। वो तुझसे कभी कुछ नहीं छुपाएगा।'

रागिनी, 'भरोसा तो मुझे मुझ पर जितना नहीं है उससे कहीं ज़्यादा मैं उस पे भरोसा करती हूँ।' सानवी उस शख्स ने मुझे फिर से जीना सिखाया है, उसने मेरे हर ज़ख्मों को अपनी मोहब्बत से भरा है। जब मुझे मेरे अपनों ने ठुकरा दिया था उसने मेरा साथ देने का वादा किया था।'

कबीर के घर में

कबीर, 'यार समीर मुझे समझ नहीं आता है जब हमें अपनों की ज़्यादा ज़रूरत होती है वो तब हमारा साथ नहीं देते और फिर जब हम ज़िंदगी में आगे बढ़ जाते हैं तब वो हमें फिर से हमारे पुराने पन्ने खोलने के लिए मजबूर कर देते हैं। मैं अपनी ज़िंदगी में आगे बढ़ चुका हूँ मैं खुद सब कुछ कर सकता हूँ। पुराने ज़ख्मों ने इतना सिखा दिया है मुझे कि मैं कभी फिर लौट कर अपने पुराने पन्ने ना देखूँ तो ही सही है। और इन सब में मैं रागिनी को दर्द नहीं दे सकता हूँ क्योंकि वो अपनी ज़िंदगी में सब कुछ सह चुकी है और मैं उससे ये दर्द फिर से नहीं दे सकता।'

समीर, 'एक बार उसके ऊपर भरोसा करके उसको बता दे सब कुछ क्या पता वो मान जाए।'

कबीर, 'भरोसा है मुझे उस पर खुद से भी ज़्यादा। पर कहीं ये चीज़ उसे और एक ज़ख्म ना देदे उस चीज़ से हमेशा डरता हूँ मैं। और उन लोगों के बारे में बताकर क्या ही फायदा है जो मेरी ज़िंदगी में कोई मायने नहीं रखते हैं। मैं आज ही अपने और रागिनी के बारे में उनसे बात करके उन्हें हम दोनों के बीच में दखल अंदाजी ना करने के लिए कहूँगा क्योंकि जिस वक्त मुझे उनकी ज़्यादा ज़रूरत थी उन्होंने तब मुझे छोड़ दिया था फिर आज किस बात के लिए वो यहाँ आए हैं। मैं शाम को उनसे मिलने जा रहा हूँ और अगर रागिनी पूछे तो बता देना कि आज मैं उससे लेने नहीं आ पाऊँगा और उससे कहना मुझे होस्टल में पहुँचते ही मैसेज करे।'

समीर, 'ठीक है मैं उससे बता दूँगा तू आराम से जाना और वापस आते वक्त उससे मिलकर आ जाना। वो खाली में परेशान होती है।'

कबीर, 'ठीक है।'

आज कबीर उस शख्स से मिलने जा रहा है शायद से उसने कभी सोचा भी नहीं था कि वो एक दिन उससे जा कर मिलेगा। क्योंकि कुछ रिश्ते ऐसे होते हैं जब वो टूट जाते हैं फिर हम उसे जोड़ने की कोशिश भी नहीं करते।

'भरोसा कितना छोटा शब्द है ना पर अगर टूट जाए तो रिश्ते में और कुछ नहीं बचता और जुड़ने की कोई गुंजाइश नहीं होती। कुछ रिश्ते ऐसे होते हैं जहाँ एक बार भरोसा टूट जाए तो आप उससे जोड़ने की भी कोशिश नहीं करते क्योंकि शायद आपका दिल ये कहता है अब दूसरी बार ये ज़ख्म नहीं सहा जाता। इसलिए कभी भी किसी का भरोसा तोड़ने से पहले ये सोचना ज़रूर कि कहीं वो दूसरे इंसान को दर्द ना दे। और

अगर रिश्ता मजबूत करना हो तो भरोसा जीतना पड़ता है कि ज़िंदगी के हर सफर में आप उनके साथ हैं। मोहब्बत में कभी किसी का भरोसा मत तोड़ना क्या पता वो शख्स आपसे शिद्दत से प्यार करता हो।'

***

# 11

शाम के 6:30 बजे कैफे,

महेश देशमुख कबीर के पापा, 'बेटा तुम्हें नहीं पता आजकल लड़कियाँ पैसों के लिए सिम्पैथी गेन करने के लिए भी ये सब करती हैं।'

कबीर की आँखें गुस्से से लाल हो गए थे। महेश, 'तुम मेरी बात सुनो ये तुम्हारा लास्ट ईयर है फिर तुम कंपनी जॉइन कर लेना और मैंने एक लड़की देखी है तुम उससे शादी कर लेना।'

कबीर गुस्से से चिल्ला कर बोला, 'बस हो गया आपका अब तक मैं आपकी इज्जत करके आपको यहाँ कुछ बोल नहीं रहा था इसका मतलब ये नहीं है कि आप रागिनी के बारे में कुछ भी बोलेंगे और आप जानते ही क्या हैं उसके बारे में।'

महेश, 'सब जानता हूँ उसके बारे में उसका रेप हुआ था तुम ऐसी लड़की से शादी करना चाहते हो।'

कबीर, 'बस चुप मैं उससे अपना ने के लिए तैयार हूँ मुझे आपकी सहमति की कोई ज़रूरत नहीं है जिस दिन आप मुझे

छोड़ कर चले गए थे उसी दिन आप अपने सारे हक खो बैठे थे।'

महेश, 'ये क्या कह रहे हो कबीर?'

कबीर, 'वही कह रहा हूँ जो आप सुन रहे हैं।' ये कह कर वो वहाँ से निकल ही रहा था तभी ही उसकी आँखें रागिनी पर पड़ती हैं जो कि वहाँ खड़ी हो कर सब कुछ सुन रही थी। रागिनी कबीर के पास आती है उसकी आँखें थोड़ी सी नम थीं।

कबीर, 'तुम यहाँ अकेली आई हो मुझे बता देती मैं खुद आ जाता।'

रागिनी, 'नहीं मैं सानवी के साथ आई थी और फिर मैंने देखा तुम भी यहीं थे।'

कबीर, 'चलो चलते हैं।'

महेश, 'तुम इस लड़की के लिए अपना सब कुछ छोड़ने के लिए तैयार हो।'

कबीर, 'हम्म क्योंकि मैं इससे प्यार करता हूँ और मुझे ये भरोसा है कि ये आपकी तरह मुझे कभी भी बीच राहों में छोड़ के नहीं जाएगी। आपको पता है एक रिश्ते की नींव क्या होती है भरोसा जिस दिन वो टूट जाता है ना कभी फिर भरोसा नहीं होता है। और अब ना मुझे आप पे भरोसा है नहीं कोई रिश्ता और ये बात मैं आज आपसे आखिरी बार कह रहा हूँ। चलो रागिनी यहाँ से।'

रागिनी के दिमाग में अभी भी वह बातें चल रही थी कि वो आज सुबह सोच रही थी कि क्या कभी कबीर अपने घर वालों

से मिलता क्यों नहीं है और शाम में ही कबीर पापा को देखती है। ये सारे सवाल उसे बेचैन कर रहे थे।

कबीर और रागिनी कबीर के घर में आ गए थे और सानवी कैफे से ही होस्टल के लिए निकल गई थी।

रागिनी, 'एक सवाल पूछूँगी जवाब दोगे मुझे उम्मीद करूँगी कि तुम सच कहोगे।'

कबीर, 'मुझे पता है तुम क्या सुनना चाहती हो रागिनी।' वो शख्स मेरे पापा थे शायद मेरा खुश होना भगवान को कभी मंजूर था ही नहीं। एक बार पूछा था ना तुमने मैं क्यों घर नहीं जाता क्योंकि उस घर में मेरा अपना कोई नहीं है। रागिनी, ऐसा क्यों कह रहे हो कबीर। कबीर, ज़िंदगी हमें वक्त आने पर हमें सब कुछ सिखा देती है पर जब वक्त सही उम्र से पहले आता है तो वो ज़्यादा असर करता है क्योंकि तब इंसान और भी कमज़ोर हो जाता है खुद को अकेला महसूस करने लगता है। जिस उम्र में बच्चे माँ बाप से ज़िद करते हैं खिलौनों के लिए उस उम्र में मैंने अपने माँ को खोया है। पापा मुझे छोड़कर USA चले गए अपनी मौसी के घर में रहता था मैं। 7 साल की उम्र थी बस मेरी मौसी मुझे हमेशा छुपाके खाना दिया करती थी क्योंकि अगर मौसा जी को पता चल जाता था तो वो मौसी को बहुत पीटा करते थे। मौसी कभी माँ नहीं बन सकती थी इसलिए उन्होंने मुझे ही अपना बच्चा समझ कर पाला था उन्होंने। जब मुझे 10 साल हुआ था मेरे मौसा जी ने मुझे ज़बरदस्ती ले कर एक अनाथ आश्रम मैं छोड़ दिया था मौसी के लाख मना करने पर भी उन्होंने मौसी की एक भी बात नहीं सुनी। मैं हमेशा समझता था कि भगवान हमेशा उन लोगों को ही दुख देता है जो ज़्यादा अच्छे होते हैं। मेरे आश्रम

आने के कुछ दिन बाद ही मेरा मौसा जी ने मेरी मौसी को जान से मार दिया और दूसरी शादी कर ली थी। माँ के जाने के बाद वो ही एक थी जिन्हें मैं अपना कह सकता था लेकिन भगवान ने उन्हें भी मुझसे छीन लिया।'

किनारे पे आने से पहले ही
कश्तियां डूब जाती हैं
मंज़िल आने से पहले ही
लोग अक्सर आधे सफ़र में छोड़ जाते हैं
ग़लतफ़हमी में जी रहे थे हम कि सब अपने हैं
अब पता चला हमें कि ज़माने में
अपने ही अपनों के दुश्मन बन बैठे हैं

- रागिनी

***

# 12

कबीर, 'बहुत सालों के बाद जब कि मैं आश्रम छोड़ कर दिल्ली आ चुका था एक दिन मेरे पापा महेश देशमुख मेरा पता पूछने के लिए जब उस आश्रम में गए तो आश्रम वालों ने मुझे फोन करके कहा तो मैंने मना कर दिया कि मैं उनसे मिलना नहीं चाहता। उन्होंने तब तक दूसरी शादी कर ली थी और वो मुझसे मिलने की कोशिश करते रहे पर मैं उनसे कभी मिला ही नहीं। मैंने ये कभी सोचा भी नहीं था कि मैं कभी उनसे मिलूंगा क्योंकि उनके लिए मेरे दिल में नफरत के अलावा और कुछ नहीं है।'

रागिनी कबीर के पास आती है और कबीर के हाथ को पकड़ कर कहती है, 'जानती हूँ कबीर ज़ख्म अक्सर अपने ही देते हैं और कोई नहीं देता बाहर वाले नहीं।'

कबीर अचानक से कहने लगता है, 'आज की बातें ये सब भूल जाओ रागिनी मैं चाहता हूँ कि तुम ये सब ना सोचो और मुझपे भरोसा करो मैं तुम्हें कभी इन सब चीज़ों में नहीं डालूंगा मैं नहीं चाहता कि तुम इन सब चीज़ों से परेशान रहो।'

रागिनी, 'कबीर तुम ये सब क्यों सोच रहे हो मैं इन सब चीज़ों पे सोच भी नहीं रही और मुझे यकीन है कि तुम मेरा हर मोड़ में साथ दोगे। कबीर रिश्तों मैं एक दूसरे के ऊपर भरोसा करना ज़्यादा मायने रखता है तुम पहले बैठो मैं तुम्हारे लिए पानी लाती हूँ।'

कबीर रागिनी का हाथ पकड़ लेता है। रागिनी पीछे मुड़कर देखती है कबीर, 'प्लीज़ मेरे पास रहो रागिनी।'

रागिनी उसके पास बैठ जाती है और कबीर उससे बच्चों के जैसा गले लगा कर कहता है, 'मैं तुमसे सच में वादा करता हूँ कि जब भी दुनिया तुमपे उंगली उठाएगी मैं तुम्हारे साथ खड़ा रहूँगा। बस तुम हमेशा मेरे साथ रहना।'

रागिनी कबीर के बालों को सहलाते हुए कहती है, 'मेरा तुम्हारे अलावा और कोई नहीं है तुम ही तो वो शख्स हो जिसे मैं जानती हूँ इस पूरे दुनिया में। मेरा वादा है तुमसे मैं कभी भी तुम्हें छोड़ कर नहीं जाऊंगी।'

कॉलेज में,

सानवी, 'क्या पता वो अपने घर वालों की बात सुन ले कुछ भी हो सकता है रागिनी।'

रागिनी, 'जिस रिश्ते में भरोसा ही नहीं है वो रिश्ता ही नहीं होता है। वो मुझे कभी भी अकेला नहीं छोड़ेगा।'

सानवी, 'प्यार एक अजीब चीज़ होती है हमेशा बेचैन कर देती है मगर जब उस शख्स पर भरोसा हो जाए कि वो तुम्हें छोड़ कर कभी नहीं जाएगा तब दिल को चैन मिल जाता है और

हम उस शख्स को हर जगह सही समझने लगते हैं और शायद इसीलिए कहते हैं प्यार अंधा होता है।'

रागिनी, 'अच्छा चल मैं चलती हूँ जल्दी आऊंगी।'

सानवी, 'ठीक है देख कर जाना।'

रागिनी कबीर के घर पहुंचती है तो देखती है कि आज दरवाजा खुला था रागिनी अंदर जाती है तो देखती है एक नोट जिसमें लिखा होता है आपके लिए मोहतरमा। और वहाँ पे पिंक ट्यूलिप का बुके था।

रागिनी खुद से सवाल करने लगती है, 'हर कोई लाल गुलाब देता है पर यहाँ पर तो पिंक ट्यूलिप है।'

कबीर पीछे से आकर कहता है, 'क्यों कि तुम ट्यूलिप फूल की तरह हो जिसकी वजह से मेरी ज़िंदगी में एक नई शुरुआत आई है।'

***

# इबादत

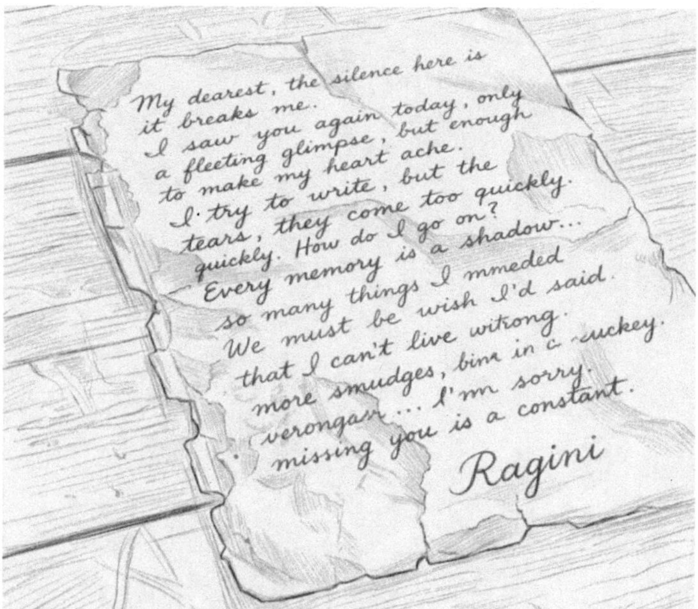
My dearest, the silence here is
it breaks me.
I saw you again today, only
a fleeting glimpse, but enough
to make my heart ache.
I try to write, but the
tears, they come too quickly.
quickly. How do I go on?
Every memory is a shadow...
so many things I mmeded
We must be wish I'd said.
that I can't live witong.
more smudges,
I'm sorry.
missing you is a constant.
Ragini

# 13

कुछ महीने बाद

सानवी, 'क्या तू रह पाएगी 15 दिन उसके बिना।'

रागिनी, 'कोशिश करूँगी कि उसके बिना रह लूँ पर मुझे जाना होगा माँ ने बुलाया है और बच्चों के भी तो बात है। वो कैंप ट्राइबल बच्चों के इम्प्रूवमेंट के लिए है और मुझे जाना होगा।'

सानवी, 'ठीक है देख के जाना और अगर वक्त मिले तो थोड़ा शहर घूम लेना सुना है बहुत अच्छी जगह है वहाँ घूमने के लिए बहुत हिल स्टेशन्स हैं कोरापुट में।'

रागिनी, 'अच्छा ठीक है।'

रागिनी कबीर के घर में,

रागिनी, '15 दिन की ही बात है कबीर लौट आऊंगी, 15 दिन यूँ गुज़र जाएंगे पता नहीं चलेगा।'

कबीर, 'तुमसे दूर नहीं रहा जाता है रागिनी पर मैं चाहता हूँ कि तुम आगे बढ़ो मैं नहीं रोकूंगा तुम्हें। तुम्हारा सपना है ऑर्फन

और गरीब बच्चों के लिए कुछ करना और मैं तुम्हारे साथ हूँ तुम्हारा सपना मेरा भी तो है।'

रागिनी हंस कर कबीर को गले लगाती है और कबीर रागिनी के माथे को चूम कर कहता है, 'बहुत याद करूँगा तुम्हें मैं।'

फिर रागिनी अपने बैग से डायरी निकालती है और उसे देती है और कहती है, 'रोज़ एक खत लिखना मुझे कोरापुट में बहुत नेटवर्क प्रॉब्लम रहता है तो मैं कॉल नहीं कर पाऊंगी। रोज़ एक खत लिखना जब मैं वापस आ जाऊंगी तो मैं अपनी डायरी तुम्हें दे दूंगी और तुम अपनी डायरी मुझे देना।'

कबीर, 'ठीक है मोहतरमा आपका इंतज़ार रहा। कल सुबह मैं तुम्हें लेने आऊंगा तैयार रहना।'

शाम को,रागिनी अपना लैंग्वेज पैक करके सब कुछ तैयार रखती है। 15 दिन के ट्रिप के बाद फिर दिल्ली में लिटरेचर प्रोग्राम भी होने वाला था जहाँ पर रागिनी को परफॉर्म भी करना था। इसलिए उसने पहले से सारी तैयारी कर रखी थी।

तभी सानवी आती है पूछती है, 'वैसे कल कैसे जाएगी स्टेशन।'

रागिनी, 'कबीर लेने आ रहा है।'

सानवी, 'वैसे एक बात बता स्टेशन तक तो जा ही रहा है तो तेरे जाने में क्या प्रॉब्लम है।'

रागिनी, 'क्या कह रही है यार। और प्लीज़ मेरे लिए सारे नोट्स संभाल कर रखना तुझे तो पता है इतने दिनों का नोट्स मैं फिर से नहीं बना पाऊंगी।'

सानवी, 'ठीक है कोई बात नहीं मैं कर दूंगी सब कुछ।'

रागिनी, 'थैंक यू यार।'

कबीर के घर में,

कबीर, 'समीर कैसे गुज़रेगा 15 दिन उसके बिना दिल भी नहीं लगेगा।'

समीर, 'प्यार में इंतज़ार भी एक उसका हिस्सा होता है इसलिए अब इंतज़ार करना पड़ेगा। अच्छा चल थोड़ा घूम आते हैं।'

कबीर, 'चल।'

थोड़ी देर बाद रोड में चलते वक्त एक मंदिर आता है। कबीर वहाँ देखता है और मंदिर की तरफ चला जाता है।

समीर, 'आज तक तू कभी मंदिर की तरफ जाता भी नहीं था।'

कबीर, 'जाता नहीं था पर आज जाऊंगा।'

कबीर मंदिर में भगवान के सामने झुक कर कहता है, 'मैं माँ के जाने के बाद आपको हमेशा गलत ठहराता रहा क्यों कि मुझे लगता था कि आपके हाथों में सब कुछ है शायद अभी वही मानता हूँ इसलिए मैं चाहता हूँ कि आप उसका ख्याल रखें और उस पर कोई मुसीबत ना आए। वो आप पे बहुत भरोसा करती है और आपको बहुत मानती है। और मेरे लिए वो ही मेरा खुदा है और मैं सिर्फ उसे मानता हूँ। वो पहली शख्स है जिसके सामने मैं झुका हूँ। इसलिए आज मैं आपसे दुआ कर रहा हूँ कि उसे कभी मुझसे जुदा मत करना।'

फिर कबीर वहाँ से आ जाता है।

समीर, 'सच में इश्क इंसान से वो चीज़ें करा देती है जो नामुमकिन होता है और एक शख्स को पूरी तरह से बदल देता है।'

कबीर हंस कर बोला, 'सिर्फ उसके लिए।'

'जब एक शख्स आपके लिए खुदा बन जाता है तो तब आप मोहब्बत के हर हद से गुज़र चुके होते हो जहाँ आपको भगवान उसी शख्स में नज़र आता है और आप उसी की पूजा करने लगते हो। आपके हर दुआ में उस शख्स का नाम आता है। जब भी आप भगवान के सामने खड़े होते हैं तब उसी शख्स का चेहरा आपके दिमाग में आता है। तब आप भगवान से भी ऊपर का दर्जा उस शख्स को देते हो। उसी शख्स अपना सब कुछ मान लेते हो। उससे हर जुड़ी हुई चीज़ आपको इबादत लगने लगती है। और जब आपका मेहबूब आपसे दूर हो तो तब उसका इंतज़ार करना। उसके लिए दुआ करना ही इबादत होती है। जहाँ खुद की परवाह नहीं होती है होता है तो बस अपने खुदा की सलामती। इसमें ना कोई शर्त होती है नहीं कोई चाह होता है तो खुदको उस के सामने समर्पण।'

***

# 14

सुबह के 7:30 बजे,

स्टेशन पर कबीर और रागिनी दोनों ट्रेन का इंतज़ार करते हुए खड़े थे।

रागिनी, 'मैं तुम्हें मिस करूँगी क्या तुम भी करोगे।'

कबीर, 'हम्म मोहतरमा आपके अलावा और किसे मिस करूँगा बताइए।'

रागिनी, 'डायरी लिखना मत भूलना।'

कबीर, 'जैसा आप कहें।'

रागिनी, 'देर रात तक मत जागना।'

कबीर, 'डन। अब मेरी बारी, पहुंचते ही मुझे हो सके तो एक मैसेज कर देना नेटवर्क प्रॉब्लम होगा फिर भी भेज देना।'

रागिनी, 'ओके।'

कबीर, 'वक्त से खाना खाना रागिनी।'

रागिनी, 'ठीक है।'

कबीर, 'खूब एन्जॉय करना और अपना ध्यान रखना।'

रागिनी, 'ज़्यादा मत सोचो कबीर जल्दी वापस आ जाऊंगी।'

कबीर, 'जानता हूँ 15 दिन कितना कम समय है।'

तभी ट्रेन आ कर स्टेशन पे पहुंच जाती है।

कबीर, 'अच्छा चलो ट्रेन आ गया देख के चढ़ो लग जाएगी।'

रागिनी, 'बच्ची नहीं हूँ कबीर मैं ध्यान रख लूंगी अपना इतनी चिंता मत करो।'

कबीर, 'जानता हूँ तुम रख सकती हो तुम अपना ध्यान पर तुम्हारा ध्यान रखने में मुझे अच्छा लगता है। अच्छा चलता हूँ बाय।'

रागिनी, संभल कर जाना ठीक है।

5th दिन,

हर रात एक खत लिखना डायरी में जैसे एक आदत बन गई हो। 5 दिन हो गए थे।

समीर, 'चल आज मूवी देखने चलते हैं।'

कबीर, 'कितने बजे?'

समीर, '10 बजे चलते हैं नाइट शो है।'

कबीर, 'नहीं चल सकता मेरा काम है हमारी मोहतरमा ने कहा है कि देर रात तक मत जागना।'

समीर, 'उसकी हर एक बात लिख के रखता है क्या।'

कबीर, 'नहीं तू नहीं समझेगा।'

कोरापुट में रागिनी का कैंपेन ऑलरेडी शुरू हो गया था उसे डेली जा कर बच्चों से मिल कर उन्हें उनकी इम्प्रूवमेंट कराने में मदद करती थी। हर रोज़ बच्चों को कुछ ना कुछ नया सिखाती थी। हर रात को अपनी डायरी में खत लिखना जैसा अब उसकी आदत है।

7th दिन,

रागिनी उस दिन सारे बच्चों के साथ बैठ कर खाना खा रही थी। वहाँ एक बच्चा कहता है, 'दीदी आप पे ये पिंक कलर की कुर्ती बहुत अच्छी लग रही है।'

रागिनी, 'थैंक यू बच्चा।'

'दीदी क्या ये आपको किसने गिफ्ट दिया है।'

रागिनी, 'हम्म एक अच्छे दोस्त ने गिफ्ट दिया है।'

'वो भैया जिसका फोटो आपके पर्स में है।'

रागिनी घूर कर देखती है, 'तुम्हें कैसे पता।'

'हमने देखा था वो ही आपके अच्छे दोस्त हैं।'

रागिनी 'हम्म वो ही है मेरा अच्छा दोस्त। वैसे तुम लोग बड़े चालाक नहीं हो रहे आज कल।' फिर सारे बच्चे हंसने लगते हैं।

14th दिन,

रागिनी, 'आखिरी खत लिख रही हूँ आज। खुश इसलिए हूँ क्योंकि मैं कल तुमसे मिलने वाली हूँ। एक बात कहूँ कबीर,

मोहब्बत कब इबादत में बदल जाती है पता नहीं चलता। जब भी भगवान से दुआ करती हूँ तो हमेशा जुबान पर तुम्हारा नाम होता है। सही कहते हैं लोग इंसान में ही खुदा बसता है और तुम ही मेरे खुदा हो।'

'एक दूसरे से दूर रहकर भी अगर प्यार वैसा ही रहे तो दूर रहना कभी भी इश्क पे कोई असर नहीं कर सकती। क्योंकि दूर रह कर भी दोनों आपका दिल पास है वो मेरे ये महसूस करता है तब शायद आप मिलो दूर हो पर प्यार आपको कभी भी मुश्किल नहीं लगेगी। जब प्यार में छोटी छोटी कोशिशें हो एक दूसरे को प्यार जताने का तब शायद दूरियाँ कभी भी आपको अलग नहीं कर सकती। जब आप प्यार में वफादार होते हैं तब तक दिल में कोई बेचैनी नहीं होती है कि कहीं कोई चीज़ हमें अलग ना कर दे। तब खुद के रिश्ते पर भरोसा होता है कि कोई भी चीज़ इसे कभी भी नहीं तोड़ सकती।'

***

# 15

शाम के 5 बजे,

कबीर आधे घंटे पहले ही जाकर स्टेशन में रागिनी का इंतज़ार कर रहा था। 5:30 बजे ट्रेन प्लेटफॉर्म नंबर 3 पर आ पहुँचती है और रागिनी जब ट्रेन से उतरती है तो पहले कबीर को देखती है और उसके चेहरे पर एक हँसी आ जाती है।

कबीर, 'मोहतर्मा सफर कैसा था।'

रागिनी, 'अच्छा था पर तुम्हारे साथ और अच्छा लगता।'

रागिनी और कबीर घर पहुंच गए।

रागिनी, 'अपनी डायरी दिखाओ मैं भी तो देखूं जनाब ने 15 खत लिखा है या नहीं।'

कबीर, 'ये लीजिये मोहतर्मा आपकी डायरी।'

रागिनी कबीर की डायरी लेकर अपनी डायरी देती है। और दोनों एक दूसरे की डायरी पढ़ने लगते हैं। रागिनी की डायरी पहले कबीर पढ़ता है और फिर कबीर की डायरी रागिनी।

1st दिन,

रागिनी,

तुम्हारे गिटार की आवाज़ बहुत याद आ रही है।

कबीर,

मुझे गिटार बजाने में भी डर लग रहा है तुम्हारे बिना गिटार की आवाज़ अच्छी नहीं लगती मुझे।

2nd दिन,

रागिनी,

तुम्हारे साथ चाय पीने का मन कर रहा है।

कबीर,

तुम्हारे बिना चाय में मिठास नहीं आती।

3rd दिन,

रागिनी,

देर रात तक बात करने का मन कर रहा है।

कबीर,

किसी से बात करने का मन नहीं कर रहा है। तुम पास नहीं हो इसलिए।

4th दिन,

रागिनी,

याद करते हो या नहीं मुझे??

कबीर,

कोई अपने खुदा को कैसे भूल सकता है?

5th दिन,

रागिनी,

ऐसा लग रहा मेरा सपना बच्चों के लिए कुछ करने का पूरा हो रहा है।

कबीर,

तुम्हारे हर सपने को पूरा करूँगा मैं वादा है मेरा तुमसे।

6th दिन,

रागिनी,

जब भी भगवान के सामने जाती हूँ तुम्हारा चेहरा दिखता है।

कबीर,

मेरा खुदा मुझसे दूर है।

7th दिन,

रागिनी,

आज मैंने तुम्हारी दी हुई कुर्ती पहनी थी ऐसा एहसास हुआ कि तुम मेरे ही पास हो।

कबीर,

तुम्हारा वो शॉल हर वक्त पास रखता हूँ मैं।

8th दिन,

रागिनी,

अब समझ आ रहा है अगर सच्चा प्यार हो तो दूर रह कर भी पास होते हैं।

कबीर,

इश्क किया है ये दो पल की दूरी इससे असर नहीं कर सकती।

9th दिन

रागिनी,

आज संडे है मुझे वो पल याद आ गए जो हमने कुतुब में बिताया था।

कबीर,

आज का खत कुतुब मीनार में बैठ कर लिखा है तुम्हारी याद में।

10th दिन,

रागिनी,

ऐसा लग रहा है कायनात हमें अलग रखने की कोशिश कर रहा है। वक्त गुज़र ही नहीं रहा।

कबीर,

तू ही मेरा खुदा है और तुझसे ही इबादत है।

तभी ही रागिनी डायरी बंद करके कहती हैं, 'मैंने कभी तुम्हें ये खत नहीं भेजा नहीं तुमसे फोन पर बात हुई है फिर भी हर खत में मेरे खत का जवाब है।'

कबीर, 'जब दो दिल जुड़े हुए हों तब कुछ कहने की ज़रूरत नहीं होती है।'

'जब दो दिल जुड़े हुए होते हैं तब शायद लफ्ज़ों की ज़रूरत नहीं होती है एक दूसरे से कुछ कहने की क्योंकि तब आपको एक दूसरे के दिल की बात पहले से पता होती है। वहाँ कुछ समझाने की ज़रूरत नहीं होती है कुछ कहने की ज़रूरत नहीं होती है। आपके हर मुसीबत हर गलतफहमी शायद से पहले से ही उनको पता होता है। आप क्या चाहते हैं क्या नहीं शायद सब कुछ। जहाँ सच्ची मोहब्बत होती है वहाँ कोई शिकायत नहीं होती है कि मुझे कैसे पता हो सकता क्योंकि वहाँ हमें पहले से पता होता है कि एक दूसरे को कौनसी चीज़ बेचैन कर रही है या फिर वो शख्स क्या सोच रहा है।'

***

# जुनून

WANTED
MISSING
MISSING
MISSING
"VEERENDRA PRATAP"
AGE: 38
ADDRESS: 142/3 GANDHI MARG, SECTOR 7, CHANDIGARH
CASE DETAILS: INVESTIGATION PENDING. WANTED FOR QUESTIONING RELATING TO FILE NO. CP-114B (INCIDENT: 04/10/2023). SUSPECTED CHARGES INCLUDE FRAUD & ASSAULT. IF FOUND, IMMEDIATELY CONTACT CHANDIGARH POLICE OR HEADQUARTERS.
ADDENDUM: You have to pay the price of every tear she had cried.

# 16

2 दिन बाद,

साहित्य अकादमी अवार्ड्स फेस्टिवल, रवींद्र भवन

रागिनी वहाँ कुछ राइटर्स से मिलने गई थी और वहाँ पर उसे परफॉर्म भी करना था क्योंकि वहाँ पर कुछ शायर अपने अल्फ़ाज़ सुनाने आ रहे थे और रागिनी को भी वहाँ बुलाया गया था।

रागिनी, 'हे भगवान लेट हो गई जल्दी जाना पड़ेगा सब आ गए होंगे।'

थोड़ी देर बाद रागिनी वहाँ पहुँचती है। और पहुँचते ही उसकी आँखें एक ऐसे शख्स पर पड़ती हैं जिससे रागिनी कभी ना मिलना चाहती हो। वही इंसान जिसने उस दिन रागिनी की एक बात भी नहीं सुनी थी उसके आवाज़ को अपने हाथों से दबोच दिया था जिसने हर तरीके से उसे दर्द दिया था। वही इंसान जिसकी याद से भी रागिनी की रूह काँप जाती थी। वो शख्स और कोई नहीं बल्कि मिस्टर वीरेंद्र प्रताप जो उस दिन के पूरे प्रोग्राम को मैनेज करने वाला था। उसे देखते ही रागिनी की साँसें फूलने लगी उसको फिर से वही बोझ महसूस होने

लगा था उसके हाथ पैर काँपने लगे थे और वो वहाँ से जल्दी से जल्दी भागकर निकल गई इस डर से कहीं वो इंसान फिर से उसे देख ना ले।

शाम के 6:30 बजे

सन्वी, 'हेलो कबीर रागिनी वहाँ पर गई है क्या?'

कबीर, 'नहीं, क्यों क्या हुआ?'

सन्वी, 'उसका प्रोग्राम 5 बजे खत्म होने वाला था और अभी 6:30 बज गए हैं और वो लौटी ही नहीं है।'

कबीर, 'क्या वो होस्टल नहीं पहुँची अभी तक?'

सावनी, 'नहीं वो नहीं आई है तुम जाकर थोड़ा देख आओ कहाँ है वो।'

कबीर पहले रवींद्र भवन जाता है कहीं वो वहीं ना हो। और वहाँ जाकर देखता है तो रागिनी वहाँ भी नहीं थी। फिर हर गली हर जगह छान मार लिया 8 बज चुके थे उसने पूरा आधा शहर घूम लिया था। फिर एक आखिरी जगह उसको लगा जहाँ रागिनी हो सकती है वो कुतुब मीनार जाने लगा और वहाँ पहुँच कर देखता है तो गेट के एक साइड कोने में एक लड़की रो रही थी वो लड़की और कोई नहीं बल्कि रागिनी थी जो वहाँ बैठ कर रो रही थी। रागिनी शाम से जाकर वहाँ पर बैठी हुई थी पूरी तरह से काँप रही थी और उसकी आँखें पूरी सूजी हुई थी और आँखों से आँसू बह रहे थे।

कबीर, 'रागिनी' कह कर जब उसके हाथ को पकड़ता है तो वो डर के मारे कहने लगती है, 'मुझे छोड़ दो प्लीज़, मुझे छोड़ दो प्लीज़।'

कबीर, 'मैं कबीर हूँ रागिनी डरो मत। और तुमने अपनी हालत ऐसी क्यों बना रखी है क्या हुआ है मुझे बताओ।'

रागिनी, 'मुझे छोड़ दो कबीर अगर तुम मेरे साथ रहोगे तो दर्द के सिवा कुछ नहीं हासिल होगा तुम्हें मुझे छोड़ दो प्लीज़।'

कबीर, 'बंद करो अपनी बकवास रागिनी।'

कबीर रागिनी के चेहरे को अपनी हथेलियों में लेकर कहता है, 'तुम होती हो तो साँस आती है और एक इंसान साँस के बिना कैसे जी सकता है। चलो मेरे साथ।'

रागिनी, 'नहीं मैं तुम्हारे साथ नहीं जाऊँगी। कबीर मुझे छोड़ दो मेरे हाल पे।'

कबीर, 'शायद से तुमने आज तक मेरा प्यार देखा है मेरी ज़िद नहीं इसलिए अपनी बकवास बंद करो और चलो मेरे साथ।'

और कबीर वहाँ से रागिनी को लेकर घर जाता है।

कबीर और रागिनी घर पहुँचते हैं। रागिनी अभी तक वैसे ही काँप रही थी और अभी भी वो रो रही थी।

कबीर, 'रागिनी क्या हुआ बताओ पहले तो रोना बंद करो और बताओ क्या हुआ।'

रागिनी, 'वो आया था वो..वो...'

कबीर, 'कौन आया था रागिनी सही से बताओ तभी तो जान पाऊँगा कौन आया था।'

रागिनी, 'वही शख्स जिसने मेरा रेप किया था।'

कबीर की आँखें गुस्से से लाल हो गई थी क्योंकि उस शख्स की वजह से आज दूसरी बार रागिनी की ऐसी हालत थी और उसने गुस्से से पूछा, 'उसने तुम्हें कुछ कहा।'

रागिनी धीमी आवाज़ में, 'नहीं उसने कुछ नहीं कहा वो लिटरेचर प्रोग्राम का मैनेजर था उसे देखते ही मैं वहाँ से आ गई।'

ये कह कर वो और भी रोने लगी जैसे अब उसमें हिम्मत ही नहीं बची जैसे किसी ने फिर से उसको तोड़ दिया हो। वो कबीर के सामने बच्चों की तरह रोने लग गई।

कबीर, 'रोना बंद करो रागिनी शांत हो जाओ मैं हूँ ना यहाँ मैं हूँ कोई कुछ नहीं करेगा शांत हो जाओ मैं तुम्हारे साथ हूँ। रुको मैं पानी लेके आता हूँ।'

रागिनी, 'नहीं रुक जाओ मेरे पास रहो डर लग रहा है मुझे।'

रागिनी कबीर को गले लगा कर बैठी है।

थोड़ी देर बाद कबीर कहता है, '9:30 बज चुके हैं मैं सन्वी को फोन करके बता देता हूँ वो परेशान हो रही होगी।'

रागिनी सिर्फ अपना सर हिलाती है और हम्म करती है। कबीर सन्वी को फोन करके कहता है, 'आज रागिनी यहीं रुकेगी।'

सन्वी, 'ठीक है।'

कबीर, 'तुम यहीं बैठो मैं कुछ खाने के लिए लेकर आता हूँ।'

थोड़ी देर बाद कबीर, 'रागिनी तुम यहाँ सो जाओ और डरना मत मैं बाहर ही सोफा पर सोया हूँ ठीक है।'

रागिनी, 'यहाँ सो जाओ तुम।'

कबीर, 'नहीं तुम आराम से सो जाओ मैं बाहर ही हूँ बुलाना मुझे कुछ हुआ तो।'

रागिनी, 'मत जाओ मुझे डर लग रहा है प्लीज़ पास रहो मेरे।'

फिर रागिनी कबीर को गले लगाती है और कहती है, 'तुम पास रहोगे तो डर नहीं लगेगा।'

कबीर, 'फिर आज कोई दूर जाने को क्यों कह रहा था।'

रागिनी, 'एक डर अब भी है कबीर दिल में कहीं मेरी वजह से तुम्हारे ऊपर कलंक ना आ जाए। कहीं अपने प्यार को पाने के सफर में अपने प्यार पर ही कलंक तो नहीं डाल रही हूँ।'

कबीर थोड़े गुस्से आवाज़ में, 'बस रागिनी मैं पहले भी कह चुका हूँ प्यार कभी भी हैसियत या फिर किसी के चरित्र को देख कर नहीं किया जाता किया जाता है वो तो सिर्फ किसी का दिल देख कर किया जाता है। प्यार रूह से होती है जिस्मों से नहीं। तो अपनी ये सब बातें सोचना बंद करो और सो जाओ।'

थोड़ी देर बाद रागिनी सो जाती है। पर कबीर अब भी जागा हुआ था उसके दिमाग में सिर्फ उसी शख्स के बारे में ही चल रहा था जिसने रागिनी को चोट पहुँचाया है।

'जब ज़िंदगी में कोई बुरा पन्ना फिर से खुल जाता है तो अक्सर इंसान खुद को बेबस महसूस करता है कि अब क्या कर सकता है वो पर जब उसमें कोई आपको संभाल लेता है कोई आपको ये एहसास कराता है कि इस बार कुछ नहीं होगा शायद से यही एक चीज़ होती है जो हम हमेशा चाहते हैं अपनी ज़िंदगी में। कोई हमें हमारे मुसीबत के वक्त हमारा

साथ दे और ये कहे कि हम्म मैं तुम्हारे साथ हूँ। तब चाहे कोई भी मुसीबत आ जाए आप खुद को हमेशा महफूज़ सोचते हैं। शायद तब ज़िंदगी के हर बुरे पन्ने को बुरे वक्त को पार करना आसान हो जाता है। इसलिए हर किसी को ऐसा साथी चाहिए होता है अपनी ज़िंदगी में जो उनका हर मोड़ में साथ दे बुरे में अच्छे में।'

***

# 17

अगली सुबह,

कबीर रागिनी को कॉलेज में छोड़कर आ जाता है। वो घर में पहुँचा ही था समीर घर पर उसका इंतज़ार कर रहा था।

समीर, 'इतना अर्जेंट में क्यों बुलाया मुझे? क्या काम है?'

कबीर वीरेंद्र प्रताप का फोटो समीर के सामने फेंकता है और कहता है इसके बारे में सब पता कर।

समीर, 'तू सच में चाहता है कि तू फिर से ये करेगा।'

कबीर, 'सिर्फ उसके लिए।'

समीर, 'मैं आज ही एजेंसी से बात करता हूँ और 2 दिन में काम खत्म करता हूँ।'

कबीर, '1 हफ्ते में वो US जाने वाला है इसलिए सारा काम जल्दी कर।'

समीर, 'सब कुछ जानता है उसके बारे में।'

कबीर, 'जिस दिन रागिनी ने रो कर मुझे उसके बारे में बताया था उस दिन से ही मैंने इसके बारे में सब ढूंढ कर रखा है

इसलिए तू जल्दी कर। तू रियल एविडेंस कलेक्ट कर और CBI को हैंडओवर कर। इस शख्स की वजह से वो दो बार रोयी है मेरे सामने वो भी इतना बेबस इसकी सज़ा तो इसे मिलकर ही रहेगी।'

समीर, 'ठीक है मैं सारे एविडेंस ब्लैक बिज़नेस के बारे में निकाल कर भेजता हूँ।'

कबीर, 'एविडेंस कलेक्ट होते ही डायरेक्टली पुलिस के हाथों में थमा देना और जैसे कोई छूट नहीं होनी चाहिए।'

समीर और कबीर जो एक ही ऑर्फनेज में रहते थे अच्छे दोस्त अपना कॉलेज पूरा करने के बाद ये दोनों एक सीक्रेट एजेंसी जॉइन करते हैं जहाँ ये दोनों एक साथ काम करते हैं पर कबीर 2 साल बाद एजेंसी छोड़ कर के लिए अप्लाई कर लेता है क्योंकि उसे स्टार्टअप भी अपना शुरू करना था। पर कभी कभार वो समीर को प्लान टैकल करने में मदद करता था। उनकी एजेंसी का कोड- Raaz था। और जिस दिन रागिनी ने वीरेंद्र प्रताप के बारे में बताया उस दिन से ही वो उसके बारे में ट्रैक करता था और फिर पता चला कि उसका एक पब्लिशिंग कंपनी है और उस कंपनी का नाम है शब्दकोश प्रकाशन प्राइवेट लिमिटेड और ड्रग्स डील्स, ब्लैक पैसों को व्हाइट में कन्वर्ट करना पब्लिशिंग कंपनी की मदद से, ह्यूमन ट्रैफिकिंग भी इसमें शामिल था। और उसके पब्लिशिंग कंपनी खोलने की एक वजह ये है कि क्योंकि हर कोई रियल एस्टेट बिज़नेस करके अपने ब्लैक पैसों को व्हाइट में बदलते थे और ये पब्लिशिंग कंपनी के ज़रिए ताकि इसकी इमेज बनी रहे सोसाइटी में और आसानी से कोई शक भी नहीं करेगा।

समीर, 'भाई एजेंसी से बात कर ली है तू चिंता मत कर।'

कबीर, 'ठीक है, और एजेंसी से बात करना और कहना CBI के रेड के बाद मुझे उस शख्स से मिलना है।'

समीर, 'ठीक है।'

2 दिन बाद,

समीर फोन करता है कबीर को। समीर, 'न्यूज़ देख।'

कबीर, 'ठीक है।'

न्यूज़ के हेडलाइन्स पर मिस्टर वीरेंद्र प्रताप जिनके बहुत सारे ब्लैक कामों में हाथ था जैसे कि ड्रग्स बिज़नेस, ह्यूमन ट्रैफिकिंग, ब्लैक पैसों को व्हाइट करना। CBI रेड ऑलरेडी डाल चुकी है। तभी ही रागिनी रूम से निकल कर आती है और कबीर से पूछती है ये किसके घर में रेड पड़ रहा है।

कबीर, 'वीरेंद्र प्रताप के घर में।'

रागिनी, 'ये कैसे हुआ।'

कबीर, 'छोड़ो रागिनी जब पाप का घड़ा भर जाता है तब यही हाल होता है। अच्छा तुम्हें अभी परेशान होने की कोई ज़रूरत नहीं। मैं थोड़ा बाहर जाके आता हूँ।'

रागिनी, 'जल्दी वापस आना।'

कबीर, 'ठीक है ध्यान रखना।'

कबीर जाके एजेंसी ऑफिस में पहुँचता है।

समीर, 'टाइम नहीं है CBI ऑफिसर्स आ रहे हैं इसलिए 10 मिनट ही है हाथ में।'

कबीर, '10 मिनट ही काफी हैं मेरे लिए चल। वीरेंद्र प्रताप याद है जितने काले कारतूत तूने किए हैं याद नहीं होगा पर एक गुनाह मैं तुझे याद दिलाता हूँ। याद है एक लड़की जिसके साथ तूने ज़बरदस्ती की थी। याद आया रागिनी शर्मा उस मासूम सी लड़की की ज़िंदगी तूने खराब कर दी। उसने बहुत मिन्नतें की होगी ना तेरे सामने पर तूने उसकी एक भी नहीं सुनी और आज तू इस हाल में है जहाँ तेरी मिन्नतें सुनने के लिए कोई नहीं है। बता तू अपना गुनाह कबूल करता है कि तूने एक लड़की का भी रेप किया है।'

वीरेंद्र, 'हम्म मैंने किया था उसका रेप पर मुझे छोड़ दो प्लीज़ मैं तुमसे माफ़ी मांगता हूँ मुझे यहाँ से निकाल दो।'

कबीर, 'वीडियो रिकॉर्ड हो गया ना ये वीडियो ऑफिसर्स को भी दे देना और एक एविडेंस।'

समीर, 'ठीक है।'

कबीर, 'जब बात उसकी है तो मैं किसी की परवाह नहीं करता क्योंकि इस दुनिया में जो भी उसे दर्द पहुँचाएगा तो मैं सबको तबाह करने के लिए तैयार हूँ। उसकी आँखों के हर एक आँसू का हिसाब होगा।'

कबीर घर पहुँचकर देखता है तो रागिनी उसके इंतज़ार में बैठी हुई थी।

रागिनी, 'कबीर मुझे होस्टल छोड़ दो प्लीज़।'

कबीर, 'क्यों तुम्हें यहाँ रहने में अच्छा नहीं लग रहा मेरे पास।'

रागिनी, 'नहीं ऐसा नहीं है तुम मुझे यहाँ कोई काम करने भी नहीं दे रहे हो और मैं तुम्हें खाली में परेशान कर रही हूँ

और वैसे भी मेरा एग्जाम आ रहा है इसलिए मुझे जाना होगा कबीर। जनाब आपसे दूर जाने का मन तो नहीं है पर क्या करें जाना पड़ेगा।'

कबीर, 'अगर जाने का मन नहीं है तो रुक जाओ ना।'

रागिनी, 'जाना पड़ेगा वहाँ सन्वी भी अकेली है और एग्जाम्स की तैयारी इसीलिए जाना चाहती हूँ। और यहाँ रहूँगी तो तुम्हें देखने के अलावा और कुछ करने का मन नहीं करता फिर एग्जाम्स की तैयारी कौन करेगा।'

कबीर, 'सच में इतना हैंडसम हूँ मैं जो तुम्हें सिर्फ मुझे घूरने का ही मन करता है।'

रागिनी, 'हम्म्म्म। पर अब ये सब छोड़ो मुझे होस्टल में छोड़ दो प्लीज़।'

कबीर, 'अब जब मोहतरमा ने मन बना ही लिया है तो फिर चलते हैं।'

रागिनी और कबीर एक साथ कैफे पर बैठ कर दोनों अपना अपना काम कर रहे थे। कबीर मोबाइल में कुछ देख रहा था और रागिनी अपनी किताब में खोई हुई थी तभी वो सुनती है एक लड़की कैफे में कबीर को घूर कर कहती है उसके दोस्त से, 'क्या हैंडसम लड़का है ब्लैक शर्ट, ग्लासेस। उसकी गर्लफ्रेंड है वरना मैं प्रपोज़ करती आज।'

रागिनी ऑलरेडी जलस हो रही थी और तभी ही उसने कबीर से कहा, 'अगली बार से ब्लैक शर्ट सिर्फ घर में ही पहनना ठीक है लोगों के सामने क्यूट बनने की ज़रूरत नहीं है तुम्हें।'

कबीर पूरा शॉक था क्योंकि पहली बार उसने रागिनी को इतना जलस होते हुए देखा है और ऐसे वो बहुत प्यारी लग रही थी।

तो फिर तब कबीर थोड़े मज़े लेने के लिए कहता है, 'क्या सच में ब्लैक शर्ट में इतना हैंडसम दिखता हूँ मैं। वैसे जेलसी आप पे बहुत अच्छा सूट करता है मोहतरमा। आप जैसा कहेंगी वैसा ही होगा ब्लैक शर्ट सिर्फ घर में पहनूंगा।'

रागिनी थोड़ा हँस कर बोलती है, 'ये सही है।'

कबीर अपने मन में, 'हमेशा तुम्हारे चेहरे पर हँसी देखना चाहता हूँ तुम्हारे साथ पूरी उम्र बिताना चाहता हूँ तुम ऐसे ही रूठती रहो और मैं मनाता रहूँ।'

'जलन भी अजीब है दिल को पता है कि वो शख्स हमारा है फिर भी कोई उसको देखता भी है तो दिल को अजीब सी बेचैनी हो जाती है। शायद प्यार में जलन होना ज़रूरी है। क्योंकि ये चीज़ आपको हमेशा ये कहती है कि अगर वो मेरा है तो सिर्फ मेरा ही रहे। उसपर अधिकार सिर्फ मेरा है। पर अगर प्यार मैं जलन ना हो तो उस प्यार मज़ा नहीं आता।'

***

# 18

1 महीने बाद,

कबीर और समीर बैठ कर स्टार्टअप के बारे में डिस्कस कर ही रहे थे तभी अचानक से कबीर को ज़ोर से खांसी आती है और अचानक से उसकी खांसी में ब्लड आने लगता है।

समीर देख कर थोड़ा घबरा गया और कहने लगा, 'चल अभी डॉक्टर के पास और क्या हुआ है हम्म तेरी खांसी में ब्लड क्यों आ रहा है।'

कबीर, 'कुछ नहीं भाई थोड़ा सा ही तो ब्लड आया है और कोई प्रॉब्लम नहीं है मैं डॉक्टर को दिखा दूँगा।'

समीर, 'पक्का दिखाना डॉक्टर को वरना मैं रागिनी को बोल दूँगा फिर वो ही तुझे संभालेगी।'

कबीर, 'नहीं मैं चला जाऊँगा डॉक्टर को दिखाने के लिए तू रागिनी को कुछ मत बताना'

समीर, 'सही कहते हैं लोग मर्द सिर्फ अपनी पसंदीदा औरत से डरते हैं।'

कबीर, 'ह्म्म तो जान है मेरी।'

समीर, 'ठीक है मैं चलता हूँ तू आराम कर और डॉक्टर को दिखा देना।'

कबीर बैठ कर लैपटॉप में काम कर रहा था उसे फिर से खांसी आई और फिर कुछ ब्लड हाथों में आ गया। समझ नहीं आ रहा था ये क्या हो रहा था कबीर के साथ।

कबीर, 'आज डॉक्टर से जाके मिलना पड़ेगा।'

डॉक्टर, 'मिस्टर देशमुख आपको ब्लड कैंसर है अभी आप 3rd स्टेज में हैं। बहुत तेज़ से बढ़ रही हैं कैंसर सेल्स आपकी बॉडी में। इसलिए कीमो जल्दी से शुरू करना पड़ेगा हमें।'

कबीर के दिमाग में अभी सिर्फ एक ही शख्स का चेहरा झलक रहा था। अब वो कैसे रागिनी को बताएगा। और अभी तो रागिनी ठीक हुई है क्या वो फिर से रागिनी को और एक सदमा देगा क्या फिर से उसे दर्द देगा।

तभी ही डॉक्टर बुलाते हैं, 'मिस्टर देशमुख.'।

कबीर अचानक से अपने खयालों से निकल कर डॉक्टर को कहता है, 'ठीक है सर।'

कबीर समीर को कॉल करता है, 'तू जल्दी घर पहुँच।'

समीर, 'ठीक है।'

कबीर के घर पे,

समीर, 'क्या हुआ क्या कहा डॉक्टर ने तू दिखा कर आया है ना।'

कबीर, 'एक बात कहूँगा वादा कर रागिनी को नहीं बताएगा।'

समीर, 'तू बता तो सही मैं नहीं बताऊँगा।'

कबीर, 'मुझे ब्लड कैंसर है।'

समीर, 'क्या कह रहा है।'

कबीर, 'हम्म 3rd स्टेज है।'

समीर, 'पर तू ये बात रागिनी से क्यों छुपाना चाहता है।'

कबीर, 'क्योंकि मैं नहीं चाहता कि वो मेरी वजह से परेशान हो।'

समीर, 'पर ये बात तो उसे कभी ना कभी तो पता चलेगी ही।'

कबीर, 'शायद ये बात उसे कभी पता ना चले।'

समीर, 'तू क्या कह रहा है।'

कबीर, 'मैंने फैसला कर लिया है मैं उससे दूर चला जाऊँगा ताकि मेरे मरने के बाद भी उसे कोई फर्क ना पड़े और वो अपनी ज़िंदगी में आगे बढ़ जाए। मैं चाहता हूँ उसका हर सपना पूरा हो जाए।' और अगर उसे ये सब पता चल जाएगा तो कभी ज़िंदगी में आगे नहीं बढ़ पाएगी।'

समीर, 'रह पाएगा उसके बिना?'

कबीर, 'नहीं पता पर उसकी खुशी के लिए मैं सब कर सकता हूँ। उसके के लिए उससे दूर भी जा सकता हूँ। इश्क किया है और बिछड़ना भी एक हिस्सा है।'

समीर, 'पर तू ये करेगा कैसे?'

कबीर, 'नहीं पता कैसे करूँगा पर उसके खुशी के लिए उसे थोड़ा दर्द देना ही होगा।'

समीर, 'सोच ले फिर से क्या तू ये कर पाएगा।'

कबीर, 'अब फैसला कर लिया है तो करके ही रहूँगा।'

समीर, 'अपना ध्यान रखना कुछ ज़रूरत हो तो मुझे फोन करना।'

और वहाँ से चला जाता है।

कबीर, 'ठीक है।'

कबीर रागिनी की फोटो देख कर रोने लगता है और कहता है, 'कितना बेबस हो गया हूँ मैं आज ज़िंदगी ने उस पड़ाव पे लाके खड़ा कर दिया है जहाँ से सफर बहुत दर्दनाक होने वाला है। तुमसे किया हर वादा तोड़ने जा रहा हूँ माफ कर देना मुझे अगर हो सके तो। तभी ही कबीर को फिर से खांसी आती है और फिर से खून निकलता है।'

1 हफ्ते बाद,

रागिनी के एग्जाम्स खत्म हो गये थे और वो ठीक से एग्जाम के चक्कर में बात नहीं कर पाई थी इसलिए आज उससे मिलने जा रही है। कबीर दिन ब दिन उसकी हालत खराब होने लगी थी। घर की घंटी बजती है और कबीर देखता है तो रागिनी थी। रागिनी कबीर को देख कर गले लगा लेती है।

रागिनी, 'पता है बहुत मिस किया मैंने तुम्हें इतने दिनों से बात भी नहीं हुई थी इसलिए दिल में तो बेचैनी सी छा गई थी। इसलिए थोड़ा काम था तो खत्म करके आ गई मैं।'

कबीर, 'अच्छा तुम बैठो।'

रागिनी बैठ जाती है।

कबीर, 'कुछ काम था।'

रागिनी, 'नहीं क्यों काम होना ज़रूरी है क्या तुमसे मिलने के लिए।'

कबीर, 'अच्छा।'

रागिनी को थोड़ा अजीब लगा। रागिनी, 'कुछ हुआ है क्या कबीर तुम अजीब क्यों बर्ताव कर रहे हो।'

कबीर, 'नहीं तो कुछ नहीं हुआ है। और कैसे बात करूँ हम्म तुम कोई छोटी बच्ची हो क्या जो तुमसे प्यार से बात करूँगा।' ये कहकर कबीर दूसरी तरफ मुड़ जाता है।

रागिनी, 'मैंने कब कहा ऐसा वो सब छोड़ो वैसे याद है ना आज संडे है हम आज कुतुब मीनार जाएँगे।'

कबीर, 'मैं नहीं जा सकता मुझे काम है।'

रागिनी, 'गुस्सा हो क्या मुझसे।'

कबीर, 'नहीं पर हमेशा एक चीज़ हो ये तो पॉसिबल नहीं होता है।'

रागिनी, 'पर हमने तो वादा किया था ना कि चाहे हम अपने काम में कितना भी बिज़ी हो जाएँ हम हमेशा संडे हमारे लिए वक्त निकालेंगे।'

कबीर, 'ये सब हम बस किसी का दिल रखने के लिए करते हैं ज़रूरी नहीं है कि हर चीज़ आपके हिसाब से चले वादा तोड़ने के लिए किया जाता है वैसे भी।'

रागिनी, 'मुझे ऐसा क्यों लग रहा है कि तुम बदल गए हो पर फिर भी जब तक तुम ये नहीं कह देते शायद तब तक मैं अपने दिल को समझाती रहूँगी कि तुम नहीं बदले।'

कबीर, 'वक्त के साथ सबको बदलना पड़ता है ज़रूरी नहीं है कि आप हमेशा एक ही इंसान को मायने दो।'

रागिनी के आँखों से आँसू निकल आये। रागिनी, 'तो क्या अब तुम्हारे लिए मैं कोई मायने नहीं रखती हूँ क्या तुम्हारे पास मेरे लिए वक्त नहीं है।'

कबीर चिल्ला कर कहता है, 'हम्म नहीं है मेरे पास तुम्हारे लिए वक्त नहीं है मेरे ज़िंदगी में तुम्हारे कोई मायने नहीं हैं।'

ये सब कहते वक्त कबीर खुद पे गुस्सा हो रहा है जाने कितनी बार अंदर घुट घुट कर मर रहा है। उसका दिल तो कहता है कि उसे कस कर गले लगा ले उसे प्यार कर ले, पर उसकी ज़ुबान उसे मजबूर कर रही है दूर चली जाओ कहने को।

रागिनी, 'आज पहली बार तुमने मुझ पर चिल्लाया है कबीर। वही रागिनी हूँ मैं जिसके साथ तुमने आज तक ऊँची आवाज़ में बात तक नहीं की थी, कभी मुझे यह नहीं जताया था कि मुझ पर तुम एहसान कर रहे हो।'

कबीर, 'मुझे सिर्फ तुमसे अट्रैक्शन हो गया था तुमसे बस पर मुझे तुमसे कभी प्यार हुआ ही नहीं वो तुम थी जिसे मुझसे

प्यार हो गया। और हम्म शायद एहसान ही कर रहा था तुम पर।'

रागिनी, 'मेरी तरफ देखो, मेरी तरफ देखो कबीर।'

कबीर घूमता है रागिनी की तरफ। रागिनी, 'मेरी आँखों में आँखें डाल कर कहो ये सब जो भी तुमने अब कहा था।'

कबीर ने अपने दिल पर पत्थर रख कर कहा, 'हम्म मुझे तुमसे सिर्फ अट्रैक्शन हुआ था।'

रागिनी, 'ये तुम नहीं कह रहे हो कह दो कि तुम झूठ बोल रहे हो कह दो एक बार कि तुम झूठ कह रहे हो।'

कबीर फिर गुस्से से चिल्ला कर बोलता है, 'तुम्हें एक बार में समझ में नहीं आता है क्या मैं सच बोल रहा हूँ मुझे सिर्फ तुमसे अट्रैक्शन हो गया था।'

रागिनी गुस्से से कबीर को एक ज़ोर से थप्पड़ मारती है और कबीर का कॉलर पकड़ के पूछती है, 'प्यार मज़ाक है तुम्हारे लिए, तुम्हें किसी की कोई परवाह नहीं है। जब तुम्हें लगा कि हम्म रागिनी अब मुझे छोड़ कर नहीं जाएगी अब वो मेरे बिना नहीं रह पाएगी चलो अब उसका दिल तोड़ देता हूँ। ये सब एक मज़ाक है ना तुम्हारे लिए। मैंने हमेशा यही सोचा था कि तुम दूसरे लड़कों की तरह नहीं हो सकते हो पर तुमने आज साबित कर दिया कि तुम भी उनके जैसे ही हो तुम में और उन में कोई फर्क नहीं है। तुम भी उस वीरेंद्र प्रताप की तरह हो उसमें और तुम में कोई फर्क नहीं है शायद पहचानने में मैंने ही गलती कर दी। क्योंकि मैं तो प्यार में अंधी थी मैं कैसे पहचानती।

पर एक बात याद रखना कबीर सब करना पर ये हमेशा याद रखना कि कहीं पहली मोहब्बत की बद्दुआ तुम्हें नहीं लग जाए क्योंकि यहाँ महबूब सच्चे दिल से प्यार करता है और जब उस शख्स की बद्दुआ लग जाती है तो ज़िंदगी ज़हनूम से भी बदतर हो जाती है। वहाँ खुद भगवान भी कुछ नहीं कर सकते। मुझमें कोई कमी थी तो उस दिन ही कह देते जिस दिन मैंने तुम्हें अपने बारे में बताया था मैं दूर चली जाती तुमसे। फिर मेरे दिल को ये यकीन क्यों दिलाया कि मेरी फिक्र करने वाला भी कोई है मेरा साथ देने वाला भी कोई है। क्यों किया तुमने कबीर ऐसा मेरे साथ क्यों?'

ये कहकर रागिनी वहाँ से जाने लगती है शायद उसके दिल में एक आस बची थी कि वो शायद उसे रोक लेगा पर कबीर ने कुछ कहा ही नहीं एक आखिरी बार अपने कबीर को मुड़ कर देख लिया उसने और वहाँ से आ गई। रास्ते में चल कर आते वक्त ही ज़ोर से बारिश शुरू हो जाता है रागिनी की आँखों से आँसू बह रहे थे।

रागिनी, 'क्यों मैं ही क्यों भगवान हर दर्द सिर्फ मुझको ही क्यों क्या गलती है मेरी। मैंने उसे अपने ज़िंदगी की वजह मान लिया था वो मेरा जुनून मेरा खुदा सब बन चुका था। उसने तो मुझसे वादा भी किया था कि वो कभी भी मुझे छोड़कर नहीं जाएगा फिर क्यों बिछड़ गया मुझसे। क्या ये सारे वादे झूठे थे क्या हर वो इज़हार झूठा था। क्या किसी से सच्चा प्यार करने से यही मिलता है बेवफाई।'

होस्टल के रूम में,

सानवी, 'ये क्या हालत बना रखी है तूने अपनी और पूरा भीग के क्यों आई है और बारिश हो रही थी तो वहाँ रुक जाती।'

रागिनी, 'उस घर में क्या ही रहना जहाँ तुम्हारी कोई जगह ना हो उस घर में रहने वाला शख्स चाहता हो कि तुम कहीं दूर चले जाओ।'

सानवी, 'क्या कह रही है तू कुछ हुआ है क्या?'

रागिनी रोते हुए आवाज़ में कहती है, 'उसके हर वो वादा झूठा था, उसका वो प्यार भी झूठा था उसके लिए मेरा फिक्र भी झूठ था उसने कितनी आसानी से सब झुठला दिया।'

सानवी, 'तू संभाल खुदको।'

रागिनी, 'कैसे संभालूँ खुदको बता सही कहते हैं लोग हर वादा तोड़ने के लिए होता है। कैसा प्यार है ये सानवी जहाँ वो बेवफा भी है फिर भी उसके लिए नफरत नहीं पैदा कर पा रही हूँ दिल में अब भी उसे वही प्यार मुझे अंदर ही अंदर मार रहा है। क्या हालत कर दिया उसने मेरा। मुझे उस मोड़ में छोड़ के चला गया जहाँ ना मैं भुला सकती हूँ नहीं अपना सकती हूँ। और ऐसे में मैंने खुदको ही खो दिया।'

'जब कोई प्यारी चीज़ जो हमने दिल से संभाल के रखी हो अगर वो हमसे बिछड़ जाता है तो हम शायद से उस चीज़ को उम्र भर भुला पाते हैं। जिस शख्स को दिल ओ जान से मोहब्बत की हो अगर वो ही बिछड़ जाए तो शायद जीना मुश्किल हो जाता है।'

कबीर अपने घर में गुस्से से खुदको थप्पड़ मार रहा था दीवार पर मुक्का मार रहा था उसके हाथों से खून बह रहे थे, 'मैंने तोड़ा है उसका दिल और मैं इसी के लायक हूँ। सही कह कर गई वो अगर पहली मोहब्बत की बद्दुआ लग जाए तो ज़िंदगी ज़हनुम से भी बदतर हो जाती है। और उसके बिना मेरी ज़िंदगी

ज़हनुम से कम नहीं। ऐसे घर में रह रहा हूँ मैं जहाँ उसके पायल की आवाज़ नहीं गूँजेगी, जहाँ उसके घुंघरू के आवाज़ नहीं होगी, उसकी आवाज़ भी नहीं होगी, रोज मेरे बालों को सहला कर सुलाने वाली भी नहीं होगी और ऐसी जगह में क्या ही सुकून है जहाँ वो नहीं है। हर किया हुआ वादा तोड़ा है मैंने और उसी की सज़ा भुगत रहा हूँ मैं। अब ये घर की दीवारें भी रोज सवाल करेंगी मुझे कि मैंने उसके साथ ऐसा क्यों किया। अब ऐसी हालत है कि मौत भी चैन की नहीं हो सकती होगी भी कैसे अब उसकी बाहें नहीं होंगी जहाँ मैं चैन से मर सकूँगा। पर उसके लिए ये कुछ भी नहीं क्योंकि मैं चाहता हूँ कि वो आने वाली ज़िंदगी में खुश रहे और उसे कभी भी मेरी याद ना आए कभी भी अपने सपनों से पीछे ना हटे।'

उसके चेहरे पर जो तिल था, उससे बचना मुश्किल था

वह कहती थी ये करना है और मैं वह कर जाता था

वह कहती थी दुनिया उसके ख़िलाफ़ है और मैं उसके ख़ातिर
दुनिया से लड़ जाता था

गलत वक्त पर एक सही शख्स मुझे मिला था

किस्मत ने साथ नहीं दिया यारों

वरना मैं उससे मोहब्बत करके दिखाता

~कबीर

उसको वो खुदसे दूर नहीं करना चाहता है पर उसके लिए वो अपने हर वो वादे तोड़ देता है उसका दिल तोड़ता है और ये चीज़ उसे खुदसे नफरत करा देती है।

होस्टल में,

रागिनी रात भर बैठकर कबीर के फोटो को देखती रही। रागिनी, 'क्या कमी रह गई थी मुझमें कबीर। तुम क्यों बदल गए? तुम्हारे बिना ज़िंदगी कैसे गुज़रेगी?'

'कैसा लगता है जब आप एक सही इंसान से प्यार करते हो पर किस्मत को कुछ और मंजूर होता है। तब आपके हाथों में कुछ नहीं होता। पर जब वो शख्स आपकी खुशी के लिए अपनी कुर्बानी दे तो समझ जाना कि उसने आपसे सच्चा प्यार किया था। जब आपके सपने उसके लिए ज्यादा मायने रखते हो। जब वो आपको अपनी वजह से कोई दर्द ना पहुँचे इसलिए हर मोड़ अपनी कुर्बानी देता हो। शायद तब सब कुछ किस्मत के हाथ में होता है। कोई शख्स इतना अच्छा कैसे हो सकता है जो आप के लिए आपको ही छोड़ रहा हो ताकि आप ज़िंदगी में आगे बढ़ सकें। हर मोहब्बत मुकम्मल हो ये ज़रूरी नहीं होती है मगर जब वो शख्स आपकी खुशी के लिए अपना सब कुछ त्याग कर रहा हो तो शायद आप मोहब्बत में जीत गई।'

***

# मौत

Adhoora Ishq
Aur fir wo...

# 19

रागिनी और सानवी यूनिवर्सिटी में जा रहे थे तभी ही समीर आके रागिनी को बुलाता है। समीर, 'रागिनी तुम्हारे लिए कबीर ने भेजा है ये एक ख़त।' रागिनी उस ख़त को लेकर चली जाती है।

सानवी, 'क्या लिखा है पढ़ के तो देख तो ले।' रागिनी और सानवी दोनों मिलकर कॉमन रूम में जाते हैं और वहाँ रागिनी वो ख़त पढ़ती है।

खत

'रागिनी मैं जानता हूँ तुम मुझसे नाराज़ होगी चाहे जो कहना है कह लो पर आज मुझे जब उस सवाल का मतलब समझ आया है तो मैं तुम्हें अपना जवाब देना चाहता हूँ। मुझे मोहब्बत चाहिए महबूब नहीं।

ये पढ़ कर रागिनी को ऐसा लगा कि कहीं किसी ने फिर से आकर उससे अपनी प्यारी चीज़ छीन ली है।

रागिनी, 'जानती है सानवी उसने मोहब्बत को चुना है महबूब को नहीं और ये भी लिखा है कि उसे किसी और से सच्चा प्यार

हो गया है और वो उसके साथ रहना चाहता है। पर मेरा क्या मैं भी तो उससे प्यार करती हूँ क्या मेरे कोई मायने नहीं हैं।'

सानवी, 'पर जो शख्स कभी तुझे रुलाने के बारे में सोच भी नहीं सकता था उसने ही तुझसे इतना बड़ा दर्द क्यों दिया।'

रागिनी, 'पता नहीं अगर जिस इंसान से आप प्यार करते हैं अगर उसके प्यार पर आपका हक़ है तो उसके दिए हुए दर्द पर भी मेरा ही हक़ है। और जैसे उसका प्यार मुझे पसंद था अब उसका दिया हुआ दर्द भी मुझे पसंद है। बस डर ये है कि कहीं उसका दिया हुआ दर्द कहीं सुकून में ना बदल जाए क्यों क्योंकि अगर ये हो गया तो शायद ही मैं उससे कभी नफरत कर पाऊँगी।'

'कितना मुश्किल होता है ना जिस इंसान से आप प्यार करते हो उस इंसान के लिए अपने दिल में नफरत पैदा करना। चाहे आप बाहर दिखाओ कि मैं उससे नफरत करती हूँ पर आपका दिल जानता है कि आप अब भी उस शख्स से प्यार करते हो अब भी आपका दिल उसके लिए ज़ोर से धड़कता है। तो आपने मोहब्बत में उसे नहीं खोया है बल्कि खुदको खो दिया है इस सफर में।'

उसका दिया हुआ आख़िरी ख़त आज भी पास रखती हूँ

ये ख़त आख़िरी निशानी है उस शख़्स की जिसे मैं दिल में रखती हूँ

वो किसी और से दिल लगा बैठा है

मगर मैं आज भी उससे इश्क़ का ताल्लुक़ रखती हूँ

दिमाग़ समझाता है मेरे दिल को कि अब वैसी हालत नहीं रही

मगर मैं दिल सुन कर उसे अपने लिए रोज़ दुआओं में मांगती हूँ

- रागिनी

कबीर के घर में,

समीर, 'दे आया उसको वो ख़त।'

कबीर, 'कुछ कहा उसने क्या ही कह सकती है भला उसका कबीर बदल चुका है जिस कबीर को वो जानती थी अब मैं वो कबीर ना रहा। जिस कबीर ने उससे वादा किया था कि वो उसे कभी तकलीफ नहीं पहुँचाएगा उसने ही उसे इस तरह तोड़ा है कि शायद ही वो कभी जुड़ पाए। कभी किसी पे भरोसा कर पाए। बस यही दुआ है भगवान के सामने की उसे इस दर्द से जल्दी राहत से और उसे आगे बढ़ने की हिम्मत दे और उसके सारे सपने मुकम्मल हो।'

समीर, 'बहुत हिम्मत चाहिए भाई तेरे जैसा प्यार करने के लिए। महबूब गवाह कर तूने मोहब्बत चुना है।'

कबीर, 'क्योंकि महबूब चला जाता है पर मोहब्बत कभी नहीं मरता। अगर मेरा नसीब होगा तो मरने से पहले एक बार उसे जी भर के देख लूँ तो शायद चैन से मर सकूँगा।'

कबीर रागिनी की फोटो देख कर उसके आँखों से आँसू निकल आये।

कबीर, 'हो सके तो माफ कर देना अपने कबीर को मैंने तुम्हारा दिल बहुत दुखाया है शायद से मैं तुम्हारे लायक ही नहीं क्योंकि जो माशूक अपने महबूब को ही दर्द दे वो कैसा प्यार है।'

समीर की तरफ देख कर कबीर कहता है, 'ये गिटार ले जा अपने साथ तुझे मेरा गिटार बजाना तुझे बहुत पसंद है ना।'

समीर, 'पर क्यों आज क्यों? ये गिटार किसी को छूने तक नहीं देता था उसके अलावा।'

कबीर, 'अब वो नहीं है तो मैं गिटार बजाऊँगा तो किसके घुंघरू आवाज़ करेंगे। मुझे तो अब डर लगता है गिटार बजाने में कहीं मैं उसकी आवाज़ ना भूल जाऊँ। इसलिए तय किया है कि और कभी गिटार नहीं बजाऊँगा।'

समीर कबीर के कंधे पर हाथ रखता है, 'तेरे जैसा प्यार कोई नहीं कर सकता। चाहे दुनिया के लिए तू बेवफा हो सकता है पर मेरे लिए तू महान है क्योंकि आज कल के दुनिया जब कोई किसी के लिए कुर्बानी नहीं देता है तू दे रहा है।'

कबीर, 'मेरी कुर्बानी उसके प्यार के सामने कुछ भी नहीं है उसने मुझे अपना दिल दिया था जिसे मैं संभाल नहीं पाया।'

प्यार हर वक्त कुछ ना कुछ कुर्बानी माँगती है कभी खुदकी इज़्ज़त कभी चैन कभी कभी आपको खुद को भी कुर्बान करना पड़ता है। इस सफर में हर जगह आपको कुर्बानी देनी होती है पर यहाँ मिलता सिर्फ एक चीज़ है वो है सिर्फ दुख दर्द इसके अलावा कुछ भी नहीं।

***

# 20

1 साल बाद,

रागिनी एक पब्लिश्ड ऑथर जिसकी शायरी बुक की चर्चा पूरे दुनिया में हो रहा है जो एक बेस्ट सेलिंग ऑथर बन चुकी है। रागिनी ने 1 साल में खुदको संभाला है और खुदको मजबूत किया है खुदको बड़ी मुश्किल से और अपने सपने पूरे करने में लगी। रागिनी शर्मा The best selling author of Adhoora Ishq उसके और कबीर के प्यार की कहानी को उसने शब्दों में लिखा है। और आज रागिनी प्रेस मीट पर जाने वाली थी। आज वो बहुत सारे सवालों का जवाब देने वाली थी जहाँ शायद उसके पुराने ज़ख्म शायद से फिरसे ताज़ा हो जाए। पर वो अपने प्यार की कहानी को सबके सामने आज रखना चाहती है। आज फिर एक साल बाद उसका दी हुई कुर्ती पहने जा रही थी रागिनी क्योंकि उसका सपना था कि वो दोनों मिलकर बुक लॉन्च करेंगे पर आज वो साथ नहीं है इसलिए वो ये कुर्ती पहनकर उसे अपने पास महसूस करना चाहती थी।

रागिनी, 'काश तुम यहाँ होते कबीर।'

ऑक्सफोर्ड बुक स्टोर, कनॉट प्लेस में प्रेस कॉन्फ्रेंस,

रागिनी पहुँच कर देखती है तो बहुत सारे लोग और बहुत सारे प्रेस वाले होते हैं वहाँ पे।

रागिनी स्टेज पर जाकर बोलती है, 'आप सब आये हैं यहाँ इसलिए थैंक यू। किताब हम लिखते हैं और हर किताब अच्छी होती है पर किताब जब किसी के असल ज़िंदगी के बारे में हो तब वो किताब हमें और ज्यादा एहसास दिलाती है कि ज़िंदगी के और प्यार के ये भी एक पाने होते हैं।'

प्रेस सदस्य, 'Mam पर आप दोनों अलग क्यों हुए?'

रागिनी, 'शायद यही मंजूर था कयनात को। और बिछड़ना भी तो एक हिस्सा होता है।'

प्रेस सदस्य, 'क्या आप उनसे मिलना चाहेंगी?'

रागिनी, 'कोई कभी कह सकता है कि मैं ज़िंदा नहीं रहना चाहता हूँ वैसे ही मैं भी कैसे मना कर दूँ कि मैं उससे मिलना नहीं चाहती।'

प्रेस सदस्य, 'क्या आप अभी भी उनसे प्यार करती हैं?'

रागिनी, 'माशूक चला जा सकता है पर मोहब्बत कभी नहीं मरती।'

प्रेस सदस्य, 'आपने लिखा है कि आपने उनके साथ इश्क के 7 सात पड़ाव पार किया है। पर आखिरी पड़ाव का क्या?'

रागिनी थोड़ा हंस कर कहती है, 'जिस दिन वो शख्स मुझसे बिछड़ गया उस दिन ही मेरी मौत हो गई थी। अब मैं बस एक ज़िंदा लाश हूँ। हर मौत का मतलब समसान नहीं होता कभी कभी इंसान ज़िंदा रहते हुए भी मर जाता है। इसलिए कहते

हैं मोहब्बत में वो ताकत है वो हर नामुमकिन को मुमकिन करा सकता है। इसलिए जब भी मोहब्बत करें तो पहले एक बार सोच लें कि क्या आप में इतनी हिम्मत है कि आप उसके हुए दर्द को सह पाएँगे। और अगर हम्म तो आप मुकम्मल हो गए ज़िंदगी में क्योंकि मोहब्बत दर्द के सिवा कुछ नहीं देती।'

ज़रूरी नहीं होता है कि हर मौत का मतलब समसान हो कुछ मौत का मतलब होता है ज़िंदा लाश। किसी के बिछड़ने के बाद इंसान और ज़िंदा नहीं रहता क्योंकि उसे उसकी मोहब्बत मार देती है। इसलिए मरने के बाद आपको इस संसार के मुक्ति मिल सकती है पर जब मोहब्बत जान से मार देती है तब शायद नहीं क्योंकि ये इंसान की रूह मार देता है।

कबीर हॉस्पिटल के बेड पर लेटा हुआ है और समीर का इंतज़ार कर रहा है।

समीर भागता हुआ आता है और कहता है, 'ले भाई ये कॉपी बुक की अभी लेकर आया हूँ ऑक्सफ़ोर्ड बुक स्टोर से उससे सिग्नेचर करवाके। रुक न्यूज़ ऑन करता हूँ तू भी उसका इंटरव्यू देखेगा। तुझे पता है उसने अपनी किताब में तुम दोनों की प्यार की कहानी के बारे में लिखा है। देख रागिनी ने अपना सपना पूरा कर लिया।'

कबीर की आँखों से आँसू की एक बूंद निकल जाती है और धीमे आवाज़ में कहता है, 'मेरी रागिनी ने अपना सपना पूरा कर लिया मैं बहुत खुश हूँ।'

समीर, 'अगर तू आज रागिनी के साथ होता तो वो और भी खुश होती।'

कबीर, 'किसने कहा कि मैं उसके साथ नहीं हूँ देख उसने वही कुर्ती पहनी है जो मैंने उसे दी थी। वो आज भी मुझसे प्यार करती है बस मुझसे रूठी हुई है। वैसे भी अब और कितना ही वक्त है मेरे पास डॉक्टर ने कहा मेरे पास सिर्फ 2 हफ्ते का वक्त है बस आखिरी ख्वाहिश ये है कि आखिरी बार उसे जी भर के देख लूँ।'

***

# 21

6 नवंबर रात के 3:33 बजे 1 हफ्ते बाद,

अचानक से कबीर की साँसें फूलने लगी तभी ही समीर ने डॉक्टर को बुलाया और डॉक्टर ने कहा कि, 'इनके पास सिर्फ 24 घंटे हैं अगर कोई आखिरी ख्वाहिश है तो पूरी कर सकते हैं।'

कबीर की आवाज़ धीमी थी, 'तू तो जानता है ना मेरी आखिरी इच्छा क्या है।'

समीर हॉस्पिटल से निकल कर जाके रागिनी के फ्लैट में पहुँचता है और घर की घंटी बजाता है। रागिनी आधी रात को कौन घंटी बजा रहा है आधी नींद में डोर खोलती है।

रागिनी, 'समीर भाई आप यहाँ क्या कर रहे हैं और वो भी आधी रात को कुछ हुआ है। अंदर आइए क्या हुआ है।'

समीर अंदर जाता है और कहने लगता है, 'मैं आज तुम्हें कुछ कहूँगा उम्मीद है कि तुम मेरी बात रखोगी।'

रागिनी, 'क्या कहना चाहते हैं बताइए तो सही भाई।'

समीर, 'जिस दिन तुम दोनों अलग हो गए थे वहाँ कबीर की कोई गलती नहीं थी। उसे पहले दिन ही उसे पता चला कि उसे ब्लड कैंसर है। कबीर की कोई गलती नहीं थी। फिर कहीं तुम उसके मर जाने के दुख में अपनी ज़िंदगी में आगे नहीं बढ़ पाओगी इसलिए उसने तुमसे झूठ कहा और खुदसे अलग कर दिया। वो चाहता था कि तुम हमेशा खुश रहो और अपने सारे सपने पूरे करो। उसने हमेशा अपने आप को तकलीफ दिया हर दिन घुट घुट कर जिया है उसने। उसके पास आखिरी 24 घंटे हैं वो तुमसे मिलना चाहता है। मैं तुम्हारे पैर पड़ता हूँ उसकी आखिरी इच्छा पूरी कर दो उसे चैन से मरने दो सही कहा था तुमने बद्दुआ लगती है पहली मोहब्बत की तो इंसान की ज़िंदगी ज़हनुम से भी बदतर हो जाता है और उसने वो भी सहा है।' रागिनी पूरी शॉक हो चुकी थी उसकी धड़कनें बढ़ चुकी थी कबीर ने इतनी बड़ी बात उससे छुपाई।

रागिनी, पर भाई उसने मुझे क्या इतना भी लायक नहीं समझा कि मैं उसके दर्द की हिस्सेदार बन सकती हूँ उसने इतनी बड़ी बात मुझसे छुपाई।

समीर, 'शायद तुम दोनों की किस्मत में यही लिखा था रागिनी हालातों की वजह से हम इंसान को नहीं कसूरवार ठहरा सकते हैं।'

रागिनी, 'मैं चलूँगी आपके साथ अपने कबीर से मिलने।'

हॉस्पिटल वॉर्ड no 303

रागिनी कबीर के पास जाती है और उसके पास बैठती है उसके हाथ पर अपना हाथ रखती है, 'एक बार कह देते मुझसे सिर्फ एक बार क्या मेरा इतना भी हक़ नहीं था कि मैं तुम्हारे दर्द

में शामिल हो सकूँ। इतना महान बन हो गए हो तुम जो हर दर्द तुम सिर्फ अकेले सहोगे।'

रागिनी के आँसू कबीर के हाथ पर गिरता है और कबीर अपनी आँखें खोलता है।

कबीर, 'तुम... तुम... आ ही गई मेरे पास लौट कर।'

रागिनी, 'मेरा और कौन है इस दुनिया में तुम्हारे अलावा। और दूर नहीं रहा गया मुझसे। तुमने मुझे बताना भी सही नहीं समझा क्या मैं इतनी बुरी हूँ क्या मेरा हक़ नहीं है। क्या मैं तुम्हारी कुछ नहीं लगती थी।'

कबीर, 'तुम्हारा ही तो हक़ है मुझ पर और कौन है जो मुझपे हक़ जता सकता है। कबीर सिर्फ रागिनी का ही है और रागिनी का ही रहेगा। तुम्हारे अलावा और कौन है मेरा अपना। मैं तुम्हें दर्द नहीं देना चाहता था। इसलिए मैंने खुद ही तुमसे दूर हो गया।

बस एक बार कह दो कि तुम मुझसे और नफरत नहीं करती और तुम मुझसे अभी भी प्यार करती हो पहले जैसा।'

रागिनी, 'करती हूँ तुमसे प्यार आज भी पहले जैसा।'

कबीर, 'अब मैं चैन से मर सकता हूँ और दुआ करूँगा भगवान से कि अगले जनम में हम दोनों की कहानी पूरी हो।'

रागिनी, 'ये सब क्या कह रहे हो तुम, तुम्हें कुछ नहीं होगा। तुम्हें अपने सारे वादे पूरे करने होंगे। तुम मुझे छोड़ कर नहीं जा सकते। मैं कैसे रहूँगी तुम्हारे बिना। मुझे छोड़ कर मत जाओ कबीर।'

रागिनी अपना सर कबीर के हाथ के ऊपर रखती है। दोनों के आँखों से आँसू निकल आते हैं।

नवंबर 7 9:15 बजे,

जब डॉक्टर चेक करने आते हैं कबीर की तब तक साँसें रुक चुकी थीं। फिर नर्स ने रागिनी को उठाया तब कुछ देर तक बुलाने पर भी रागिनी नहीं उठी फिर डॉक्टर ने चेक किया तो रागिनी की भी साँसें भी रुक चुकी थी।

डॉक्टर, 'नर्स जाके उनके रिलेटिव को बुलाओ।'

नर्स, 'ठीक है।'

नर्स जाकर समीर को बुलाकर लाती है समीर जब रूम में आता है तब डॉक्टर कहते हैं, 'ये दोनों अब नहीं रहे लड़की की ब्रेन स्ट्रोक की वजह से मौत हो गई।

समीर ने कहा, 'दोनों ने अपना वादा पूरा किया वादा किया था दोनों ने एक दूसरे से कि मरेंगे तो एक साथ मरेंगे। क्योंकि दोनों एक दूसरे के बिना नहीं जी सकते।'

कबीर- 'उसने कहा था वो मेरे बिना नहीं रह पाएगी इसलिए उसने मेरे साथ सफर तय किया एक अलग दुनिया में।'

रागिनी- 'उसने कहा था कि वो अपना हर वादा पूरा करेगा बस मैं उससे छोड़ के ना जाऊँ इसलिए मैंने उसके साथ सफर तय किया एक अलग दुनिया में।'

# एपीलॉग

एक दिन शाम - कब्रिस्तान

बारिश अभी भी हो रही है। सानवी छाता लेकर कब्रिस्तान पहुँचती है।

2 कब्रें। पास-पास। एक पर संगमरमर पर लिखा है "कबीर"। दूसरी पर "रागिनी"।

कबीर की कब्र पर वही टूटा हुआ गिटार रखा है। भीग रहा है।

रागिनी की कब्र पर "अधूरा इश्क़" की पहली कॉपी जो कबीर के हाथ में थी आखिरी वक्त।

सानवी घुटनों पर बैठ जाती है। 2 गुलाब रखती है। एक कबीर के लिए एक रागिनी के लिए।

"कबीर रागिनी तुम्हारा प्यार मर के भी ज़िंदा है।

तुम दोनों ने सिखाया कि मोहब्बत जिस्मों की मोहताज नहीं होती साँसों की मोहताज नहीं होती।

मोहब्बत मोहब्बत होती है। और वो कभी नहीं मरती।"

वो 5 मिनट बैठती है। कुछ नहीं बोलती। फिर उठ के चली जाती है।

पीछे कब्रों पर बारिश गिरती रहती है। गिटार का एक तार हिलता है हवा से। कोई आवाज़ नहीं आती।

किताब के पन्ने पलटते हैं हवा से। कोई पढ़ने वाला नहीं।

क्योंकि कुछ दर्द... लफ़्ज़ों के मोहताज नहीं होते।

कुछ कहानियाँ... मरती नहीं हैं किताब बन के ज़िंदा रहती हैं।

और कुछ लोग मर के भी हर आशिक़ के दिल में "कबीर" और "रागिनी" बन के ज़िंदा रहते हैं।

www.ingramcontent.com/pod-product-compliance
Lightning Source LLC
LaVergne TN
LVHW100321210926
848480LV00003B/1207
*9798905103759*